弱さの思想

たそがれを抱きしめる

高橋源一郎＋辻信一

大月書店

もくじ

はじめに

本書のもとになったのは、ぼくと高橋源一郎さんとが共に勤めている明治学院大学国際学部で、二〇一〇年から一三年にかけて行われた「弱さの研究」というささやかな共同研究である。ことのはじめは二〇〇九年の春、大学でのとあるパーティーの場で隣り合わせたぼくたちのとりとめのない会話だった。それが、なぜか、あっという間に共同研究の話へと発展した。それまでは高橋さんと何か記憶に残るような会話を交わしたという記憶もないのだが。それにしても不思議な縁のありようだったとぼくには思えるのだ。自分が経験したばかりの個人的な危機を、興奮を抑えきれないというように——どちらかと言えば朗らかに——語る高橋さんの姿が忘れられない。

その辺の事情については本文の中で、彼自身から語ってもらうことになる。ここでは、高橋さんとの共同研究を始める以前から、ぼくがどのようにして「弱さ」というテーマと自分なりにつき合ってきたか、そしてそれが、環境運動家としての、文化人類学者としてのぼくにとってどういう意味をもっていたか、振り返っておくことにしたい。

「べてるの家」との出会い

「弱さ」を自分のテーマとして自覚するようになったきっかけは、北海道浦河にある「べてるの家」という精神障がい者たちを中心とするコミュニティとの出会いだ。まずぼくが「べてるの家」の存在を知ったのは、『変革は弱いところ、小さいところ、遠いところから』（太郎次郎社）という本によってだった。以前から新潟を中心に地域運動を進め、町づくりやコミュニティ・ビジネスの分野で活躍してきた著者の清水義晴さんは、その本で「べてるの家」を紹介しながら、「弱さ」を中心とする組織づくりやコミュニティづくりを論じていた。清水さんがその後プロデューサーとして制作に取り組んだ映画「降りてゆく生き方」は二〇〇九年に完成、今も全国で上映運動が進んでいる。

　ぼくが『スロー・イズ・ビューティフル――遅さとしての文化』（平凡社）という自著で、「遅さ」という名の「弱さ」に注目したのが二〇〇一年だから、その頃から、ぼくなりに、清水さんやべてるの「変革は弱いところから」という考え方を自分の中で温めていたのだと思う。以来、環境問題などを通して社会変革のための運動に関わる者の一人として、ますます弱肉強食的な性格を強めるグローバル競争の時代に、「弱さ」というテーマを深め、役立てることに関心を寄せてきた。

　その後、「べてるの家」を実際に訪れて親交を結ぶにつれ、彼らが「理念」と呼ぶ「弱さの情報公開」や「弱さを絆に」という合言葉が、単なるキャッチフレーズではなく、まさに生きた理念として、コミュニティを支えているのを実感することができた。またべてるの創立メンバーの一人であるソーシャルワーカーの向谷地《むかいやち》生良《いくよし》さんを通じて、べてるの理念の背景にある、「弱さにこそ神の栄光があらわる」といったキリスト教の教えについて学び、「弱さ」という概念を中心に置く思想として宗教を見直すきっかけにもなった。

　高橋さんとの「共同研究」を始めるにあたっても、向谷地さんに外部研究員として参加することをお願いし、二〇一〇年には公開研究会を開いて、三人で話し合ったものだ。

サティシュ・クマールとシューマッハー

「弱さ」というテーマに関して、もうひとつ、ぼくにとって重要だったのはインド人思想家サティシュ・クマールとの出会いだった。彼は二〇代半ばだった一九六〇年代始め、ガンディーの非暴力平和の教えに従って二年半にわたる「平和巡礼」を行い、核兵器を保持する四カ国を巡る一万四〇〇〇キロの道のりを一銭も持たずに歩き通した。その後、『スモール・イズ・ビューティフル』（講談社）で知られる経済学者、E・F・シューマッハーに出会い、一九七三年にそのシューマッハーに請われて『リサージェンス』誌の編集主幹となる。以来、この雑誌は世界のエコロジー思想の知的拠点であり続けている。

クマールはシューマッハーの「スモール」の思想や、東洋の知的伝統の中に脈々と流れる「シンプル」の哲学を今日に継承する人だ。そしてぼくにとっては、エコロジー思想において、「弱さ」というコンセプトがもつ本質的な意味を、その思想と行動によって見事に体現してくれる人だ。

二〇〇〇年代後半に彼との親交を深めたぼくは、何度かにわたる彼の来日ツアーに参画し、二〇〇九年の来日時に収録したいくつかのインタビューを、二〇一〇年にDVDブックとしてまとめた。その中で、クマールは、ともに「力」と訳される英語の「パワー」と「フォース」という二つの言葉について、次のように語ってくれた。少し長くなるが、「弱さ」をエコロジーへと繋ぐ視点として重要だと思うので引用したい。

「パワー」は「フォース」と違って、内なる力のことです。たとえば、種子は木となる潜在的な力をもっている。それがパワーです。人間は誰でもブッダやガンディーのように、偉大な人になれるパワーをもっている。この内なる力がパワーであり、これこそが真の強さです。

一方、フォースとは外なる力です。たとえば、軍隊や警察は、銃、戦車、核兵器、監獄などの強制力をもちます。人々を投獄し、拷問する暴力もまた、外なる力です。規則、法律、軍隊、武器、政府などによって、外から与えられる力——それがフォースです。お金というフォースによって、それが他人に権力をふるうこともできる。

フォースが他人への強制力であるのに対し、パワーは自分の内に働く力です。イエス・キリストは、パワーにあふれる偉大な人物でした。しかし彼は、「弱き者が世界を受け継ぐ」と言っていますね。この「弱き者」とはフォースをもたない人のことです。

弱き者は、腕力もずる賢さもなく、花のように柔和で優しい。花はしかし、パワーにあふれている。花はそのパワーで人を魅了します。その香り、やわらかさ、美しい色彩によって。また、自らを果実へと変えるパワーもあります。この花の力はフォースとしての強さではありません。パワーは、柔和で、穏やかで、目立たず、控えめです。花はなんと謙虚でしょう。押しつけがましいところがありません。真の力とはこのように、控えめで優しいものなのです。

たとえば、流れ落ちる水のように水はパワーにあふれていますが、いつも下へ向かって流れていく。決して上に向かわず、下に向かう。それが水の謙虚さです。土もとてもパワフルですが、謙虚です。英語の

「土」と「謙虚」という言葉は同じ語源から来ているんですよ。土はいつも下にある。でも、食べ物を育て、保水する力を秘めている。建物を支え、私たちに歩く場所を与えてくれます。それほど強力なのに、しかし、土は何も強要しない。(『サティシュ・クマールの 今、ここにある未来』、ゆっくり堂)

ここには古来からの東洋思想とシューマッハーの思想がこだましている。思えばシューマッハーは、生態系という「制約」と「限界」の中に万物が調和する姿に注目し、すべての生き物が「成長をいつどこで止めるかを心得ている」という「神秘」を、「小さいことは素晴らしい(スモール・イズ・ビューティフル)」と表現したのだった。そして、彼はこのエコロジーの観点に立って、有限性を敵視し、「無限成長」を唱え、貪欲を称揚する現代の主流経済学を痛烈に批判したのだった。

「人間の顔をもった技術」という記念碑的なエッセーの中でシューマッハーは、聖書の「山上の垂訓」(マタイによる福音書)を引き、そこには「生き残りのための経済学」の土台となる基本的な考え方がきわめて的確に示されている、と語った。

——柔和な人たちは、さいわいである、彼らは地を受けつぐであろう。

それを受けて、シューマッハーはこう言ったのだった。

——われらは柔和な道と非暴力の心を求める、小さいものはすばらしい。（『スモール・イズ・ビューティフル』）

こうした観点に立てば、環境危機とは、科学・技術や金融工学によって次々に人間の有限性を突破していくという現代の物語が必然的に生み出した結末だということがわかる。とすれば、この危機を超えていくには、もう一度、スロー、スモール、シンプルという「制約」の中にあるそれぞれのあり方に立ち戻るしかない。言い換えれば、「弱さ」をもう一度わがものとして抱きしめることが必要になるのだ。「制約」を突破する「強さ」（フォース）を偏重するのが文明というものだとすれば、文化人類学で言う「文化」の中にこそ、「制約」という「弱さ」を受け入れ、抱きしめ、それをポジティブな力（パワー）へと変える智慧《ちえ》が秘められているのではないか。

堕天使としての人間

一五年も前にぼくが「身体の有限性」について考えていたことが思い出される。ぼくを導いてくれたのは、ドイツや北欧の思想の研究家である清水満さんの著書『共感する心、表現する身体』（新評論）だった。そこで清水さんは『ベルリン天使の詩』（ヴィム・ヴェンダーズ監督）という映画を題材に身体論を展開していた。

この映画では、主人公である天使が、ふと立ち寄ったサーカス小屋で、にせの羽をつけたブランコ乗りの女性に恋をしてしまう。しかし恋は天使には禁物だ。なぜならば、天使には肉体がないから。清水さんは言う。

感性というものは、有限な肉体をもつものだけに与えられている。好きな人の頬や身体に触れ、相手の存在の重みを自分の身体で受け止め、触れ合うことにより、空間的に隔てられていること、その距離を埋めることができるのはただ身体をもった有限な存在者だけなのだ。（『共感する心、表現する身体』）

主人公の天使は恋する相手のところに行くために、堕天使となる。身体を得るために、彼は永遠のいのちを捨て、時間・空間という制限をもたない遍在的な存在であることをあきらめるのだ。

「身体をもつ有限な存在だからこそ、僕は僕でしかなく、僕は君でありえない」。身体をもつが故に、空間的には、いる場所を一箇所に限定され、時間的にも現在という一点に限定され、老いや死を抱えこむことにもなる。それが人間の、身体的存在であるが故の有限性だ。

だが、この有限性があればこそ、人間は愛する存在となり、表現的な存在となる。つまり「僕が君でないからこそ、僕の思いを君に向かって身体を使って表現する」のであり、「互の手と腕が感じる相手の存在の充実の中で、世界の確かさを、いわば自らの身体によってつくり上げていく」のだ、と清水さんは言う。

これを受けて、ぼくは『スロー・イズ・ビューティフル』の中でこう述べたのだった。

「身体とは、表現とは、このようにスローなプロセスだ。そこでは時に、いつ終わりがくるともない曲がりくねった道を切ないほどゆっくりと進むように感じられる。これが天使ならぬ人間のコミュニケーション

という ものだ」。
さらに、こう言ってもいいはずだ。堕天使が抱えこんだ有限性＝弱さこそが、人間を人間としている基本的条件であり、人間存在の本質である、と。

「弱さの強さ」へ向かって

以上、「弱さの研究」以前の、「弱さ」をめぐるぼく自身の思索の一端を見ていただいた。
一方、高橋源一郎さんがどのようにして「弱さ」というテーマに立ち至ったかについては、対話の中でご本人からじっくりお聞きすることにしたい。準備期間を終え、いよいよぼくたちの「弱さの研究」が、二〇一〇年四月から正式に始まるのを前に、大学に提出された申請書の中で、高橋さんは「研究目的と意義」を次のように論じていた。

社会的弱者と呼ばれる存在がある。たとえば、「精神障害者」、「身体障害者」、介護を必要とする老人、難病にかかっている人、等々である。あるいは、財産や身寄りのない老人、寡婦、母子家庭の親子も、多くは、その範疇《はんちゅう》に入るかもしれない。自立して生きることができない、という点なら、子どもはすべてそうであるし、「老い」てゆく人びともすべて「弱者」にカウントされるだろう。さまざまな「差別」に悩む人びと、国籍の問題で悩まなければならない人びと、移民や海外からの出稼ぎ、といった社会の構造によって作りだされた「弱者」も存在する。それら、あらゆる「弱者」に共通するのは、社会が、その「弱者」という存在を、厄介なものであると考えていることだ。そして、社会は、彼ら「弱者」を目障りであって、できるならば、消してしまいたいなあ、そうでなければ、隠蔽《いんぺい》するべきだと考えるのである。

だが、ほんとうに、そうだろうか。「弱者」は、社会にとって、不必要な、害毒なのだろうか。彼らの「弱さ」は、実は、この社会にとって、なくてはならないものなのではないだろうか（かつて、老人たちは、豊かな「智慧」の持ち主として、所属する共同体から敬愛されていた。それは、決して遠い過去の話ではない）。

効率的な社会、均質な社会、「弱さ」を排除し、「強さ」と「競争」を至上原理とする社会は、本質的な脆《もろ》さを抱えている。精密な機械には、実際には必要のない「可動部分」、いわゆる「遊び」がある。「遊び」の部分があるからこそ、機械は、突発的な、予想もしえない変化に対処しうるのだ。社会的「弱者」、彼らの持つ「弱さ」の中に、効率至上主義ではない、新しい社会の可能性を探ってみたい。

本文の中でも話すことになるのだが、ぼくたちの共同研究は一年足らずで、あの東日本大震災の日を迎える。それからまもなく、ぼくは大学に提出した中間報告書にこう記した。

本研究会の活動は――大震災とそれに続く福島第一原発の重大事故によって大きな影響をこうむることとなった。ある意味では、「弱さ」という本研究会のテーマそのものが――根底から揺さぶられ、問い直されたとも言える。

文明（強きもの）が自然（弱きもの）を支配するという近代的な図式が、一挙に逆転して、自然の猛威を前にした人間社会の弱さ、自然に対する支配としての科学技術が孕《はら》む弱さ、自然を外部性として閉め出すことによって成り立つ経済システムの弱さ、自然と切り離されたものとしての人間の弱さなどが暴露された。いわば、近代文明の「強さ」であったはずのものが「弱さ」へと転化したのである。逆に、近代的な社会の中で、「弱さ」と見なされてきたもの――巨大化、集中化、大量化、加速化、複雑化などに対する「スモール」、「スロー」、「シンプル」、「ローカル」といった負の価値を荷ってきたもの――が元来もっているはずの「強さ」が浮かび上がってきたのではないか。この逆説的な事態――「強さの弱さ」と「弱さの強さ」――こそが、ポスト三・一一の月日のひとつの重要な特徴ではなかったろうか……。

そしてぼくは、こうつけ加えた。

「弱さ」という負の記号を荷うものに注目し、そこにポジティブな――価値や意味を探るということこそ、本研究会の当初からの課題に他ならない。その意味で、ポスト三・一一の日本とは、我々の研究にとっては最適なフィールドであるとも言えるだろう。

この本の読者は恐らくご存知のように、このポスト三・一一というフィールドで、高橋さんは作家としてばかりか、社会批評家として、ジャーナリストとして目覚ましい活躍をされてきた。ぼくもその彼の優れた仕事に刺激を受け、学ばせていただいた者の一人だ。しかも共同研究を通して、「弱さ」という同じテーマを共有しながら、言わば彼の思索や行動のプロセスを傍らで見聞きできる機会を得たのはまことにありがたいことだった。

こうした貴重な機会を与えてくれた明治学院大学国際学部のわが同僚たちに感謝したい。そして、高橋さんとぼくとがフィールドワークのために訪れた各地でお世話になった方々、「弱さの研究」を外部研究員として支えてくれた向谷地生良さんはじめ「べてるの家」の皆さん、そして研究成果をこうして一冊の本にしてくださった大月書店にも、この場を借りて謹んでお礼を申し上げたい。

二〇一三年一二月

辻　信一

第一章　ぼくたちが「弱さ」に行きつくまで

「弱さの研究」の始まり

辻　：ぼくたちは「弱さ」の研究を二〇一〇年の四月から始めました。まず、この「弱さ」の研究会がどういうふうに始まったかということを、振り返ってみましょうか。

二〇〇九年に助走期間が半年くらいあって、二〇一〇年の四月から正式に始まった。翌二〇一一年の三月に三・一一が起こり、自然を前にして社会における「弱さ」とは何なのか、という非常に根源的な問いを改めて突きつけられたわけですが、それはもっと先の話です。

高橋：多分、研究が始まる前に辻さんとお話をしたと思うんですけれど、二〇〇九年の正月に次男が急性脳炎になりました。それが、ぼくにとって非常に大きい転機になったんです。

次男は当時二歳でしたが、風邪をひいて熱が下がらなかったので、一二月三一日に病院に連れていきました。一回家に帰ったんですが、明け方、具合がおかしくなった。起こしても、起きてるのか起きてないのかわからない様子で、朝になって食べさせても全部口から出ちゃう。本当は夜中に病院へ連れていこうか迷ったんですけど、その日に一度行っていたから、朝を待って連れていったんです。

病院には同じ先生がいて、「多分脳炎だろう」と、その場で脊髄穿刺《せんし》してから、国立成育医療研究センター（世田谷区）という、関東で一番大きい子ども専門の病院に移りました。「急性の小脳炎です。かなり悪い。このまま死んでしまう確率が三分の一、助かっても重度の障がいが残る確率が三分の一、そういう状態です」と医者に言われ、いろいろな治療の同意書を書いてから、幼児用の集中治療室にもう一度行ったら、次男は、暴れちゃうんで、おむつをしたまま縛りつけられていました。

その時、ぼくはものすごくショックを受けたんです。自分の子どもが死ぬと考えたことが一度もなかった。ぼくはそれなりに自立した考えを持っているインテリのつもりだったけれど、子どもについては、普通に育って、まあできたらいい学校に行ければいいよね、というくらいしか考えていなかった。でも、医者のニュアンスから感じたのは、ひどい障がいが残るということ、植物状態になるか、もしくは車いす生活になる可能性が高い。重度の障がいが残った子をかかえてどうやって生きていくか……。そもそもぼくはあと二〇年くらいで死んじゃうしな。なんて考えたときに、まず、受け入れられなかった。

それに、障がいが残った時、学校はどうするのか、どういうふうに生活させたらいいかという情報もまるで持っていなかった。「あれ？　車いすってどこで買うんだろう」とか考えて、かなり混乱しました。家に帰る道すがらも、この子の生涯にお金は二億とか三億とかかかるよな、と考えてました。

辻：そこまで考えたの？

高橋：そう。「ぼくの全集が死んでから売れるなんてありえないしな（笑）」、「これは銀行強盗しなきゃいけないのか」と、まじめに考えたんです。「強盗は絶対つかまるしな」とか。もはや頭がおかしくなってたのかもしれません。そうやって行きつもどりつして、「障がいのある子どもと生きていこう」と決めるまで、ほぼ一日かかった。決めたらすっきりして、奥さんに、「どうもしんちゃんに重度の障がいが残るようなんだけれども、これからいろいろあると思うけど、ぼくたちはこれを受け入れて彼と生きていこうね」って言ったら、笑われましてね。

辻：奥さんが笑った？

高橋：「今決めたの？」って聞かれて、「うん」って答えたら、奥さんは宣告されて五分後にはもう心が決まっていたそうです（笑）。

辻：女性はすごいですね。

高橋：ええ、それから病院に二か月くらいいたのですが、次男は、お医者さんも驚く奇跡的な回復をしました。意識がもどったのが五日か六日くらいたってからで、それまで目は開いていたけれどどこも見ていなかった。笑うようになったのが一週間目。言葉が少しずつ出るようになるまでに三週間くらいかかって、一か月後くらいには大分しゃべれるようになりました。ただ、マヒは残ってたので一か月入院して、二か月目には転倒保護にヘルメットを着用して、普通に生活ができるようになりました。いまも若干、障がいは残っていますが、気がつかない程度です。そういうわけで、ぼくが「弱さ」の問題に気づくようになったのは病院にいるときです。

辻：お子さんの回復の過程で？

高橋：そう。意識がもどるまでは自分の子どものことで精一杯で、周りを見る余裕がまったくなかった。でも、彼が回復のプロセスに入って、ふっと気がついて周りを見るようになったら、そこには重度の病気の子どもばかりがいた。うちの子どもだけじゃなくて、みんながそうだった。昨日まで病室にいた子がいなくなる。「どうしちゃったの？」、「亡くなりました」って。しょっちゅう子どもたちが亡くなった。それでも、だいたいお父さんの姿は見かけない。ぼくは例外（笑）。お母さんがついているんだけど、ほとんどみんな元気なんです。それがまず不思議だなあと思った。重度の病気の子をかかえて、なんであんなに朗らかなんだろうって。気になって、何人かの母親と話をするようになりました。これが、じつはぼくの「弱さの研究」のスタートだったんです。

辻：そうだったんですね。

悲しみの果てにギフトがやって来る

高橋：病院の一番上に食堂があって、一人で食べているお母さんがいたので声をかけてみました。そのお母さんの子どもは、脳と心臓とほかにも重度の病を抱えているので、四か月おきに三つの病院を渡りうつらなければならない。なんと、もう四年くらい家に帰ってない。それぞれが専門の病院にかからないと治療できないから、一箇所にいられないっていうんです。そのお母さんとなぜ最初に話をしたかっていうと、元気で明るそうだったから。

単刀直入にこう聞いてみました。「ここにいるお母さんたちはみんな明るいですよね、なんででしょうね」って。すると、そのお母さんは答えてくれました。「明るくしてなきゃやってられない、ということもあると思います。それから、自分の子どもといっしょにいて、子どもと何かをするっていうことがうれしい。子どもがいるから明るくなるんじゃないかしら」と。つまり、自分の子どもといるってことで、すごく元気になるんだというんです。それはほかのお母さんもいっしょでした。

辻：それがお母さんの実感なんですね。

高橋：いつ死ぬかわからない子どもたちが、母親たちに力を与えている。この話を詩人の佐々木幹郎（一九四七年〜）さんにしたら、すぐに、「わかるよ、ぼくには」と言ったんです。佐々木さんは、おじさんが脳溢血で倒れて、世話をしなきゃならなくなった。その後、お父さんも倒れて、お父さんの世話も加わって、佐々木さんはへとへとになって、こんな大変だったら死にたいとさえ思った。そしたら、なんと佐々木さんの双子の弟も沖縄で倒れた。飛行機に乗って、病院まで駆けつけたら、弟は口もきけないような状態だった。それを見た瞬間、生まれてから一度も感じたことのない、すごいパワーを感じたというんです。「よし、俺は仕事を辞めて、介護するために引っ越す、と決めた時にものすごい力が湧いてきたんだよね」と話していました。

辻　：なんかすごい話ですね。

高橋：不幸とかネガティブなことがあると、人は力を失うけれども、ある極点を越えると、どうも「ギフト」と呼ぶしかないものが来るらしい。ぼくは病院で、「弱くてなんの力もない、面倒をかけるだけの存在の人たちが、なぜ横にいる我々に力を与えるのか、『弱さ』というものには何か秘密があるんじゃないか」と思ってこのことを探りたくなったんです。

その時点でぼくのたてた仮説は、お母さんたちも、佐々木さんも、ぼくもそうだったんですけど、なにをするかというより、その人のそばにいるだけでいい、っていう気持ちがあるんですね。だからそこに、なにか大きな理由があるんだろうと思いました。

我々がやっていることの大半は、仕事でもなんでも、自分でなくてもできること、つまり代替可能なことばかりでしょう？　でも、病んだ子どもの世話を親がするっていうのは、代わりようがないこと。言ってみれば神さまから指名を受けたようなものなんです。ぼくは無神論者だけども、自分しかできない仕事が与えられた、って感じた。だって、動けなくなった子どもを支えていくのは、ぼくしかいないでしょ？　「自分しかできないことがあった」という気づきが大きいのかもしれない。ぼくは「弱さ」の研究を始めた時に、そういう自分のかけがえのなさみたいなものを知る機会になるんじゃないのかな、と感じたんですね。

その少し後に、辻さんとお会いして、「病人、弱者っていうものが周りに力を与えているのが不思議なので、そのことを研究したいなと思っています」という話を聞いて、いっしょに「弱さ」の研究をするようになったんですね。

辻：それは二〇〇九年の四月のことですね。ぼくは、その前の「GNH——『豊かさ』を問い直す」（国民総幸福）という共同研究で、幸せとか豊かさとかの調査をしていて、「べてるの家」（北海道浦河に一九八四年に設立された精神的障がいをもつ当事者たちの自助・互助コミュニティ）と親しくなったことが大きかったんです。障がいをかかえて、「弱者」と呼ばれている人たちが居る場所に、不思議な居心地の良さを感じた。また、その人たちが幸せそうに見えた。一方で強さの側に属すると考えられている人たちには不幸な感じがすることが多く、また、その人たちの周りは居心地が悪い。

以前から、アジアや南米の辺境など、ぼくが好んで出かける場所は、「貧困ライン」どころか、ほとんど現金なんて縁のないような場所でした。世界的に見ても経済的弱者といえる人たちのいる場所だった。でも、そういうところに妙なゆとりがある。そこにいる人たちの居住まいやふるまい、態度には余裕があって優美で、楽しげに生きている場合が多い。そういう姿をくり返し見てきました。しかし、そういう話をすると、「ミャンマーの軍事政権を正当化するのか」とか、「ブータンの難民問題を知っているのか」とかいう反応が返ってくる。そしてとくに学問の世界でいうと、「幸せ」はタブーとは言わないけれども、どこがうまくいっていないか、という問題を見つけていくのが主流なんです。そうしないと研究もできないし、論文も書けないと思っている。

高橋：一生懸命、不幸探しをしてるんですね（笑）。

辻：もうひとつ、ぼく自身が母親を五年ほど前に亡くして、死の感覚と近いところに生きていたということもあると思うんです。それが、さっき高橋さんが話していた「パワーが湧いてくる」っていう感覚だった。「次は自分だ、そうか、それまで生きればいいんだ」という、いわばすっきりした気分になって、ある種のパワーを感じたんです。

さて、そんなふうにぼくたちは「弱さ」の研究を始めようということになって、まず、べてるの家の向谷地生良（一九五五年生まれ、ソーシャルワーカー。精神科医の川村敏明と共に一九八四年べてるの家を設立）さんをここ（戸塚・善了寺）に招いて、高橋さんと三人で話しましたね。その時、ぼくが印象的だったのは高橋さんが、「じつは自分だけは死なないと思ってたんだ」と言ったことです。三・一一以後、この社会では、今までずっとみんな死なないつもりで、あるいは死なないふりして生きてきたんじゃないかな、と考えるようになっていたからなんですが。

子どもに「弱さ」という課題をあたえられた

高橋：もうひとつ、「弱さ」の研究の前段階があってですね。長男は二〇〇四年生まれ、次男は二〇〇六年生まれなんですが、そもそもぼくがこの一〇年間一番真剣にやったのが子育てでした。小説は三番目くらい（笑）。本当に子育てをやってよかったと思っています。

辻　：子育てが「弱さ」の研究と結びついた、と。

高橋：そう。毎日子育てに追われて、とくに二〇〇四〜二〇〇八年くらいまでは、おむつを換えている記憶しかない（笑）。大学にはその後勤めるようになったけど、執筆の時間を作るのが大変だった。奥さんは体が弱いので、ぼくが育児をひきうけないとならない。だから、その間、ほとんど満足に寝てないですからね。と、ちょっとぐち言ってしまいましたが（笑）、でも、これが本当によかった。ぼくは、「人間は経験によってあまり変わらないと思う派」だったんですけど、ぼくは子育てで変わっちゃったなあ……。男はぜったい子育てをしなきゃいけませんね（笑）。だって、子育てはおもしろい。そして、発見がある。昔、鶴見俊輔さんが書いていた言葉の意味がやっとわかったんです。

辻　：どんな言葉ですか？

高橋：「子どもは大人の親である」。それがしみじみわかった。ぼくは彼らを0歳から育てて、彼らが言葉を覚えていくプロセスを見ながら、こちらが言葉を教えたりするわけだけど、本当は、親が子どもに教育されている。どちらが影響を与えるかといえば、子どもが大人に与えるんです。

辻　：なにか具体的な例がありますか？

高橋：ある日、子どもに歯を磨かせていました。目の前の鏡を見たら、ぼくの父親がいたんです。びっくりして「化けて出たの？」って思った。もちろんそれは、鏡に映った自分なんですけどね。いつのまにかぼくは、自分の父親にそっくりになっていた。その時、一瞬自分の父親の気持ちになって、きっと子どもがかわいかったんだろうなって思ったら、ずっと嫌っていた父親を半世紀ぶりに許したんです（笑）。初めて、「自分はもう死ぬんだな、ああ、死んでいく人間なんだな」って確認できた。しかもそれが、とてもうれしかった覚えがある。

辻　：うれしかったんですね。

高橋：そう、鏡に映っているのはぼくの父親で、すでに死んだ人間です。それは一種の錯覚なんだけど、二〇年後か三〇年後に、またぼくの子どもが鏡を見て、「パパ」だ（笑）、という気づきがあるかもしれないなと思った。そうか、こういう連鎖の中でぼくは生きているんだ、それを気づかせるためにこの子がいるのか、なんて子どもはすごいんだろう、って。

辻　：なるほど、連鎖の中での死の実感。それを子どもが気づかせてくれた。

高橋：ぼくは作家なので、本を読んで得る経験も豊かだと知っているけど、この気づきの圧倒的な肉感性っていうか、直接性はすごかった。たった一撃で、何十年という時間を越えて、ぼくたちの身体が生まれてなくなっていくということが了解できた。

ぼくたちが何かを残して、次の世代に渡す。つまり死は、肉体的に死ぬっていうことじゃなくて、次の世代に何かを渡すっていう意味だろうと思った。死なないと渡せない、次の時代が来ないから。だから死なないとまずい。それは本を読んで考えたり、頭の中でたどりついた考えではなくて、そこにいる子どもを見て、気づきとしてやってきた。

辻　：そう考えると、子どもの存在が圧倒的な力をもっている。

高橋：そう。子どもは、非常に複雑で豊かで可能性がある、しかも弱い。この「弱さ」に圧倒的な力があるっていうことに、ぼくは毎日驚いていたんです。ぼくは成長の遅い人間だったけれども、子どもを育てるようになって、おかげさまで成長が加速してきた（笑）。

辻　：「弱さ」という課題を子どもから与えられたっていう感覚ですね。そして、子育てだけでは足りなくて、さらに研究するようになる（笑）。

高橋：そう、さらに勉強しなさいと。そういう意味で、ぼくにとっての「弱さ」の研究は、二〇〇四年に長男が生まれた時にはじまっていた。まったく研究するつもりはなかったんですけれども。

辻　：すでに道ができていたんだな。

高橋：ぼくは作家だから言葉には敏感なんですが、子どもが言葉を覚えるのは、なんか親が口移しで白紙の子どもに知識を与えるっていうふうに、一般的には考えられているでしょ？　でも実際はそうじゃない。子どもは勝手に覚えるんです。しかも、ものすごく複雑な言葉や文学的な言葉も覚えてるだけじゃなくて、引用できる。

長男が三歳くらいのとき、公園をいっしょに歩いてて、セミの抜け殻が落っこちていた。そうしたら、それを指さしてこう言ったんです。「もう森へお帰り」。わかります？　『風の谷のナウシカ』（宮崎駿のマンガで映画化された）で、ナウシカがオームにいうセリフなんだよね（笑）。

次の日には、星を見て、「パパ、命の星が光ってるね」。これは『アンパンマン』のセリフ（笑）。

ぼくようまいこと言うな、と思った。意味のある言葉からじゃなくて、現実とは遠くても、核心にせまる言葉を拾ってきて使っている。そういうことは、学問的にはどうでもいいことかもしれないけど、「これはすごい」って日々感心することばかりだった。ぼくは作家になって自分のやり方を自分なりに作ってきたんですけど、子どもを育てるようになってから、書くこと変わっちゃいましたから（笑）。どうも彼らがやっていることのほうが意味がある、大地を踏まえてる、しかもおもしろい、この子たちにはかなわん、彼らが親でぼくが子どもなんだ、っていう意識が生まれました。

辻：そういう話を聞いていると、「弱さ」の研究っていうのは、ある意味では男にとって必要な研究かなって思います。「父親」っていうのは人間にだけ当てはまる概念であって、父親的な行動を部分的にしたり、一期間したりする生物はいるにしても、父親としてずっと家族の一員で、しかも女性と対等であるかのように、あるいはもっといばって、奥さんよりも優位であるかのように存在し続けるなんていうのは、他の生物にはありえないことですから。ということは、子どもを与えられることによって、父親は人間になっていく存在なんだ。父性として、子どもに「弱さ」を発見し、その「弱さ」とつきあいながら、自分を育てていく存在。その意味で「弱さ」は男性にとって本質的なテーマだなって。

高橋：そう、父性や男には、「弱さを知るな」という社会的な命令が下っています。弱くちゃいけない、弱さを遠ざけて強くなれ。周りから弱いものを遠ざければ自動的に強いものしか残らない、っていうのが、男性性、または父性性ってものだと思うんです。それは不自然なことだと思うし、女性は逆に自分の身体に耳を澄ませて、「弱さ」を知ることができると思うんですよね。だから、女性より男性のほうが「弱さ」について無知なんです。

辻　：霊長類学で、子どもという圧倒的に弱い存在を前にして、自分の力をいわば抑制する、コントロールして、それとまるで対等であるかのように、戯れたり喧嘩ごっこしたりするのが、父性の本質じゃないかという研究がありますね。人間の男はいわば子どもから「弱さ」を学ぶことによって、家族の中に自分を組みいれて、母親と並ぶところまでいく。その「ごっこ」を軸にして、人間が家族という生物にとって新しい形を作っていったという意味では、人類の発生に関係のある研究を、今ぼくたちは遅ればせながらやっているのかもしれません。

高橋：まったく（笑）。これからいろいろ「弱さ」の例を考えていくことになると思うんですけれど、これは新たに発明したというよりも、再発見、つまり我々人間族の中に持っていたひとつの知恵として、「弱さ」という言葉で象徴されるようなものが、いかに共同体に役に立ってきたかっていうことの再発見ですね。現代社会は、簡単に言うと強さの研究ばかりですからね。いかに強くなろうかと「弱さ」を排除していったわけだけれど、それが成り立たなくなってきて、やっと、ぼくたちが元々持っていた知恵の宝庫の中から、「弱さ」を取りだす時がきた、という気がするんです。

もっとさかのぼって考えてみよう

辻　：研究をはじめた一年後に三・一一が起こりましたが、それも「弱さ」の研究にとって非常に重要だったと思うんですよ。でもそこにいく前に、まずお互い、「弱さ」に至るまでになんでこんなに時間がかかっちゃったのかも含めて、少し振り返って告白をしましょう。

高橋：告白タイム！（笑）

辻　：ぼくたちは、高度経済成長の中で育った、しかも男の子じゃないですか。まさに競争社会の右肩上がりのど真ん中にいた少年時代を振り返ってみますか？

高橋：まさにそういう意味で、ぼくの家はマッチョで、父親の実家が軍人の家でした。父親の兄二人は、それぞれフィリピンとアッツ島で戦死しています。

辻　：え？　軍人の家だったんですか。

高橋：見かけによらないでしょ（笑）。二人の兄が戦死したので、父親は家業の工場を継いだんです。関東大震災で大杉栄を虐殺した甘粕大尉がうちの大伯父だった。

辻　：えーっ！

高橋：困ったことに、甘粕さんはうちのヒーローだった。おまけに、うちの祖母は山本五十六と婚約しかけている。

辻　：ほんと？　なんかすさまじいね。

高橋：言うなれば、ばりばりの右翼、由緒正しい右翼（笑）。でも、母親は広島の尾道市出身なので、原爆で亡くなった知人たちがいる。父親はリベラルな遊び人というふうで、家父長的な家をきらって、母親と家を出て近代的な核家族を作ろうとした。ぼくは、要領がよくて、学校の成績もいい子だったから、ばあちゃんから「東大行って、没落した家を立て直してくれ」と言われていました。

高橋：いわゆるいい子ですね。

辻：そう、いい子。勉強はちゃっちゃとこなして遊びに行っていた。父親は何回か会社を潰したり、会社の金を使いこんだりして失職し、家族解散を二回くらいやっています。麻布中学に入って一学期が終わった時に、父親が「みんな集まってくれ。父さん、部下が会社の金を使いこんじゃって、その責任をとり、クビになりました。本日をもって高橋家は解散します」。

高橋：映画みたいだね。

辻：そういうことが二回ありました。だから、人にはたよらないで生きよう、家から早く出ようと思っていた。一九六九年、東大に入試がなかった年に横浜国立大に入ったんですけど、家族から「京大も落ちたのだから浪人してくれ」って言われて「はい」。返事はしたけど、「合格した横浜国大をちょっと見にいってきます」と家を出て、それきり帰りませんでした。

作家としてデビューするのは三〇歳。それまでは、鎌倉で土方を一〇年間やっていました。

高橋：でも、それほど要領いい子という感じはしませんね。うまくやってるって感じもしない。

辻：不器用？（笑）

高橋：どっかで降りちゃったって感じがする。

辻：それは、学生運動をやっていた時に、なにもかもめんどうくさくなって、一回自分自身を白紙にもどそうと思ったからだと思います。ゼロにもどした時に、小説を書こうとは思っていたけど、なにを書いていいのかわからなかった。だから、とりあえず自分に執行猶予期間を与えようと思って、肉体労働をはじめたんです。一〇年間は体を使う仕事だけして、三〇歳になってある日突然、「このままではまずい」と思って書きはじめた。だから、そう言われると、たしかに二〇歳の時に降りたんだな。

辻さんも学生運動をやっていたからわかるでしょう？　口に出す言葉と、考えていることと、やってることがかみ合わないですよね。ぼくはずっとなにかを書こうと思ってたんで、合わないっていうのはまずいんです。でも乗りかかった船だから運動はやっていたけど、このままじゃ病気になっちゃうと思った。自分の中では、政治活動はフィクションでした。真剣にやってなかったわけではないんだけど、モノを書くとか表現するということの代行を政治にさせてしまっているのは、モラル的にいかがなものか、という反省がありました。なので反省期間として、少し黙っていようと思ったんです。気がついたら一〇年たっちゃった。それで、もうそろそろ自分を許してやろうと、書きはじめたんです。

辻　：ぼくなんかは、学生運動の動機として、「弱いものの味方をしなきゃいけない」という気持ちが大きかったですよ。そうは思わなかった？

高橋：たしかにあの当時で言うと、ベトナム戦争で圧倒的に強いアメリカ軍とベトコン、資本主義国と抑圧されている人たちっていう、強さと弱さの対比があったから、弱い側に立つというのが当然でしたよね。必ずそういう「強い・弱い」のペアがあった。先進資本主義国と発展途上国とかね。言葉の世界でももちろんあることなんです。多数派の言葉と少数派の言葉というのは。

辻　：どんなふうに？

高橋：マスマーケットで流通している言葉と、詩のような弱い言葉。弱い側に立つのは自然って感覚は、多分政治というフィルターを通して共有していたと思います。ただ、正しいかどうかっていうことについては、ぼくは、多分判断を保留していた気がします。「正しいからこちらがわに立っている」というのは、当時、つっこんで考えたくはなかった。ベトナム反戦闘争についても、有効だからやっているのか、スローガンなのか、そういう問題はあったけど、とりあえず我々は動かなくてはいけない、つまり動かなければいけない時期なんだろう、と考えた。

辻：動かなければいけないというのは？

高橋：活動する。今はその時だって思っちゃった。

辻：それはかなり客観的に見てますよね、自分の生き方を。やむにやまれずという感じでもなかった？

高橋：ないですね。

辻：じゃあ、運動との間に距離感がありましたね。

高橋：ありました。ぼくの周りでは、政治の本や文学の本を読んで、ベトナム反戦とか六〇年代の学生運動の前から準備していた。多分そういう時期が来るんだと思っていた。だからそういう意味では、熱狂的に活動に参加したというより、徴兵されたような感じ（笑）。実際に六〇年代後半で言うと、熱狂的に参加した人のほうがやっぱり多かったけれど。

辻：そうかなあ。

高橋：そうでもないかな（笑）。その辺は今となってはわからないですよ。

学生運動への違和感

高橋：辻さんはどうだったんですか？

辻　：そうねえ……。ぼくは東京の新宿で生まれてるんです。育ったのは郊外なんですけど、とにかくものすごい勢いで風景が変わっていった。高度経済成長を空気として感じているんだけど、一方では違和感もあった。「ずっと昇っていくような世の中はどうなの？」という感覚です。そこら中で、しょっちゅう工事して、どんどんいろんなものが壊れていって、うるさいし、人々もがつがつして、落ち着きを失って、かっこ悪いし、尊敬できない。「なんか美しくないなあ？」って。

父親は日本統治下の朝鮮、今の北朝鮮の出身で、日本に留学という名目で、じつは密かに独立の闘士になりたいと思って移ってきた人なんです。ぼくはずっと後になって知ったんですけどね。彼は『毛沢東全集』を読んだり、北京放送を聞いたりしていて、ぼくら子どもたちには何か測りがたい、ミステリアスな人でした。息子のぼくには、ベトナム戦争ではベトコンの側に立たなきゃいけない、と。

高橋：言われてた（笑）。

辻　：言葉で言われたわけじゃなく、暗黙のうちに刷りこまれた感じかな。中国の労働英雄の本を渡されたことがあって、実際ぼくは読んで感激してましたからね。ぼくは世の中で虐げられている人々の側に立っていくんだ、みたいな気持ちはたしかにあった。東京オリンピックでいちばん覚えてるのは、アべべ。

高橋：ぼくも覚えてますよ。

辻：アフリカの人が勝って感動した。相撲でも平幕が長かった鶴ヶ嶺という人がいたでしょう？

高橋：知ってますよ、ちょっと禿げてた人ね。

辻：そうそう。その鶴ヶ嶺の大ファンだったり、野球も近鉄だとか阪急だとか、東映とか。体が小さい人とか、弱小球団とか……。

高橋：応援していました？

辻：ええ。そういう気持ちが、ぼくの場合にはそのまま学生運動に流れこんでいった感じなんです。それとヤクザ映画の影響も大きかった。ヤクザ映画には、負けるとわかってても一人で闘いにいく、みたいな美意識があったでしょ。高校でラグビーやってたんだけど、試合の前にはヤクザ映画見て、気分を高揚させたり。左翼からリクルートされたのも、ラグビーやってたからでしたよ。

高橋：ぼくも、デモの時に誘いに行きましたよ、ラグビー部に（笑）。

辻：「○○高校のやつらが攻めてくるからちょっと来てくれ」とか言われて。あとでそれが内ゲバというものだってわかった。暴れるのが好きで、いつのまにかデモやってたという感覚なんですよ。バリケード築くのもすごく楽しかった。

高橋：お祭りみたいなもんですからね（笑）。

辻：気づいたら本当に学生運動をやってた。ただ最初からずっと違うなと思ったのは、男性の女性に対する扱いですね。ひどかったでしょ？

高橋：完全に女性を差別してましたね。

辻　：ああいうのは本当にいやだったなあ。

高橋：うちの大学はそうでもなかったけど、でもひどかったですよね。完全にマッチョの世界。

辻　：女性に関してはロマンチストで、理想主義的でもあったぼくには、感覚的に耐えられない部分があった。身体的には、自分の中にやみがたい暴力性みたいなものを感じていて、それをある意味、反体制運動の中で表現している面もあったんだけど。でも、そのうち内ゲバとかで暴力がすさまじくなってきて、「ちょっとこれは自分の……」。

高橋：許容範囲を越えてるなあっていう。

辻　：そうそう。思想的っていうより、これは自分の身体性とは合わないなあ、という感じですね。

高橋：小熊英二さんが『１９６８』（上・下、新曜社）の中で、あれだけ多数の人たちが参加していたのだから、ひと言で彼らをどうだと言うのはむずかしいってことを前提にした上で、六八年の気分の根本をこう書いています。ぼくたちの時の大学進学率が二五％くらいで、その後、五割くらいにまでだーっと増えていった。大学が義務教育みたいになると、みんながある程度の文化を共有できる。けれど同じ大学生でもエリートじゃないと、輝かしい未来はあまりない。輝かしくないほうの大学出の人間たちが、ある種の悲しみやあきらめ、この社会の歯車で生きていくしかないという思いを抱いていたから、目の前になにか矛盾が出てきたらひと言言わずにはいられない、ということが根底にあったというんです。

このことは当たってると思うんですね。急激に大学生が大衆化されてマスの一人になる。八〇〇人くらい入る教室で、声もよく聞こえないような授業を受けて、授業料も高い。「これはなんだ」となった時に、「この世界はどうなってんだ」と政治化していったと思うんです。だからベースは、エリートからマスになった学生たちに生まれたある種の悲哀だとね。

ただ、そこから先は、さっき辻さんがおっしゃったようにどんどん暴力的になっていった。自分のフィジカルなメーターと違う所に運動が行ってしまった。あの頃には他の世代の人たちも混じっていたので、もっと古い政治的な方針を出す人もいた。

辻：高校ぐらいの時に、「学生運動のリーダーはモテる」って話を聞いた。

高橋：モテないよ（笑）。

辻：そう、実際には全然モテてなかったし、むしろバイキンみたいに忌みきらわれていた（笑）。

高橋：でもその後、政治運動は日本の社会の中から急速に消えていきましたね。

辻：暴力がエスカレートしていく一方で、変わり身の早さがありましたね。「『いちご白書』をもう一度」（フォークグループばんばんの歌）の「就職が決まって髪を切って」という歌詞のように、みんなさっさと運動をやめて就職活動を始める。これにもあきれたなあ。

高橋：ぼくも一番抵抗があったのはそこなんですよ。ものすごく暴力的に、政治的になっていって、学校を出ちゃった人もいるけど、同じようにやっていたのに四年生になったら就活はじめた人たちもいた。ぼくの大学で、ある党派のリーダーだったやつが、教務で就職の相談をしていた。「なんだこいつ」と思ったんですよ。政治活動をやってたんだから卒業できないと思ってたのに、みんな卒業してた。どっかで季節が変わるように、春には春の装いで、夏には夏の装いっていうふうにして、キャラクターを取り換えた。あれがぼくにはとても不思議だったな……。

辻：あと、ぼくは捕まった時には黙秘してたんですが、リーダーとしてそれなりの地位にある人なんかがね、ほんの二十何日か留置されている間に転向したりする。拷問があるわけでもないのに。韓国の学生運動で捕まった人たちは拷問を受けてるわけですよ。その点、日本の学生運動は非常に脆い。

ぼくは「弱さの研究」の一環として韓国のファン・デグォン（黄大権）という人の聞き書きを続けてきて、彼へのインタビューを中心にしたDVD（『ファン・デグォンのLife is Peace』2013、ゆっくり堂）もつくったんですが、彼の場合、しまいに、KCIAが捏造《ねつぞう》したスパイ事件の首謀者に仕立て上げられて、結局恩赦で釈放されるまで一三年以上獄中で過ごすわけです。彼の場合、二か月にわたって拷問を受け、刑務所でも何度も反抗しては懲罰を受けて……。なんとか死なずに生き延びているうちに、刑務所の運動場の片隅に生えている雑草に目をとめ、それを薬草として食べ始める。獄中で野草研究に没頭して、一〇〇種類以上の野草園をつくってしまう。雑草や虫や微生物などの小さい生き物たちの視点から世界を見る、彼独特のエコロジー哲学をつくりあげていくんです。彼の話には、弱さと強さについていろいろ考えさせられるんですが、彼とか、キム・ジハ（金芝河）みたいな例はなかなか日本では考えにくい。もちろん、条件が全く違うんですけど。

高橋：ぼくは三回目に捕まった時、一〇か月くらい入ってたんです。まだ一八歳だったんですが、一九六九年の一一月に二〇〇〇人くらい捕まって、六月の段階で残ってたのが二〇人くらい。未成年はぼく一人でした。なぜかというと完全黙秘していたから。ぼくだけ言われた通り黙秘したら、どうも大物と勘違いされた（笑）。六月くらいに弁護士が来て、「少しはしゃべらないと出られませんよ」って言われたんだけど、「黙秘しろ」って言ったじゃん（笑）。それで、だれにも迷惑をかけないような適当なストーリーをしゃべって、保釈されて出てきた。本当にあの時頭にきました。

辻：それはぼくも変だと思ったなあ。で、一番しゃべり出すきっかけになるのが、母親が呼ばれて来たときなんだって。そういうのを家族帝国主義と呼んで、家族からの圧力に対してどうやって抵抗して、黙秘を貫くか、なんてことをみんな真剣に議論してたなあ。

高橋：別の意味の「弱さ」ですね。

辻：ぼくも留置所に二回入ったけど、これが楽しかった。

高橋：楽しい？

辻：普通じゃ会えないような人たちがいっぱいいて、人間的な魅力を感じた。ヤクザが同房のみんなに説教するんですよ。「お前たちは自分の利益のためだけど、この学生さんは自分のためではなく、世の中のために法に背いてここにやってきた」なんてね（笑）。みんな「ワーオ」っていう感じで、尊敬してくれるわけね。差し入れで本を頼むときも、「マルクス」とかと言うべきなんだけど、ヤクザが読んでる『宮本武蔵』のほうがおもしろそうだったりして。「すみませんけど、ちょっと終わったら貸してくれませんか?」(笑)。

高橋:おもしろいよね、留置所の中にいる人たち。勉強になるよね。

辻　:在日の人とか、密航してきた人とか。韓国はその頃はまだ貧しくて日本に働きに来ている人たちもいっぱいいましたからね。そういう人たちは不思議な存在感があって魅力的だった。一種のカリスマ性ですね。

高橋:ある意味豊かな人生を送ってるから、話もおもしろいよね。窃盗歴五〇犯なんていう人もいる。

辻　:でも、出るときは「もうやめよう」と思うんでしょ? 窃盗の人たちって。

高橋:いや、思ってないみたいですよ。看守がいると「もうやりません」。で、出ちゃうと、「なわけないだろ」って(笑)。退屈すると「何か聞きたい話は?」、「じゃあ何年前に銀行を襲った話を」なんて、すごい話がたくさん聞けた。

辻　:じゃあ、高橋さんも楽しんでいたわけだ。

ふっ切れないもの

高橋:ぼくは、拘置所を出てから、大学には結局八年在籍してるんですよ。自分の中でふっ切れないものがあった。

辻　:それはどんな?

高橋：就職することに。結局、大学は卒業しませんでした。どうも自分の身体と言葉がマッチしなくて、気持ち悪い。それは書く以前の問題でした。なので、一度言葉から離れようと肉体労働を始めたら、それがよかった。二九歳と三〇歳のときにぎっくり腰をやったけど、それがなかったらずっと土方をやってたかもしれない。言葉を使わない仕事って、精神的にこんな楽かと思った。

辻：ぼくも日雇いはよくやりました。金稼ぐ一番手っとり早い方法でしたよね。昔「沖仲士《おきなかし》」と呼ばれたやつだけど、港湾で夜働き、続けて昼もやっちゃう。交通費がもったいないから。けっこういい金になりましたね。おもしろい人たちもいっぱいいた。俳優やりながら土方やってる人や、政治運動やっている人、過去のことはあんまり話さない人が多いけど、働いている時だけはすごく親しくなる。でも、お金もらいに窓口に行くと、とたんにぱっと散る。その日かぎりなんです。

高橋：清潔でいいよね。ぼくが一番影響を受けたのは、日産の工場で働いたこと。お金がいいんで、季節労働者で入ったんです。三か月を三期くらいやってます。労働組合には一組と二組があって、ぼくは季節労働者だけど、組合員といっしょの現場で同じ仕事をするんです。鎌田慧が『自動車絶望工場』（講談社文庫）に書いたでしょ。違う工場だったけど、鎌田さんも同じ頃、季節労働者で働いていた。書名の通り、現場はものすごく絶望的なわけです。

辻：それを話してください。

高橋：三か月働く中で仲よくなった、一本指がない巨体の在日の人がいたんです。この人は労働組合員で、デモ隊と警察隊が衝突して、騒乱罪が適用された大阪の吹田事件で火炎瓶投げてた、日産の元第一組合員だった。日産はものすごい闘争があって、第一組合は壊滅しちゃったんですね。彼から「学生さん、何やってきた?」と聞かれて、こういう学生運動やって捕まって、今はこの仕事してますと答えたら、「甘いね。その程度じゃだめだよ。俺は吹田でもっとやればよかった、やっぱり火炎瓶程度じゃだめだ、銃がいる」と、どやされた(笑)。

反対に、二四歳の社員と話をしたら、高校卒業して会社に入って、もう家を買ったっていうんです。会社から借金して三〇年ローン。で、「早く定年にならないかな。それだけだよ、希望は」って。

こわい職場でしょ(笑)。

辻:ほんと、こわい。

高橋:工場で働いてる人が持ってるニヒリズムの深さが、ほんとうにこわかった。

辻:でもそのニヒリズムが高度経済成長を支えてたわけですね。

高橋:そう。車の生産ラインって、当時は二四時間フル生産。夜勤と昼勤交代でずーっと同じようなペースで働く単純労働。一回やればすぐできるような仕事を三〇年続けるんです。八時間でアルバイトのぼくたちが一五〇つくると、慣れている人は二〇〇くらいつくる。「今日は二〇四できた」っていうのが唯一の喜びになったりする。ぼくは給料を一〇〇倍もらってもこの仕事を続けるのは無理、と思った。

辻:土方は楽しかった?

高橋:土方は、毎日楽しくて、給料いらないっていうくらい楽しかった。

辻　：ぼくも、アメリカでやっていた引越し屋の仕事は一生やってもいいと思うくらい楽しかった。毎日違う道を通って、違う家で仕事をして、違う人とやりとりするからおもしろい。

高橋：あと、野外だからですよ。工場って、ふっと気がついたら窓がない。夜勤やってるから、夜昼を区別させないために、窓がひとつもなくて明りがずーっとついている。だから七時でも、朝なのか夜なのかすぐにわかんない。

辻　：鶏が閉じこめられているのと同じだね。ふと思い出したけど、大学のセンター入試も同じような条件をつくる。とにかく窓をなくしちゃうわけ。

高橋：そうなんですか？

辻　：天気がよくてもブラインドを全部閉めてある。ぼくは、これじゃあ息がつまると思って、「ちょっとそこ開けて」と言ったら、大学から人が飛んできた。そんなことしたら大変ですって。

高橋：なんで？

辻　：条件が違っちゃうから。日があたる席に座らされたということで、親から文句がでるかもしれない。そうしたら、新聞沙汰になるかもしれないって。

高橋：うわあ、すごいな。

辻　：昔は、校舎っていうのは風通しがいいように設計したものだけど、今はコンピュータに狂いが生じるからって、全部に冷房施設作って、ものすごい電気を費やしている。

高橋：そういう管理が、社会をずっと覆ってきてますよね。それにじつは、大学って管理の巣窟なんだよね。こまったことに。

自分だけは死なないと思っていた

辻：さて、少し話は飛ぶかもしれないけど、バブル期の話を聞きたいんです。

ぼくはアメリカやカナダに住んでいたので、バブル期には日本にいなかった。それが、じつは自慢なんです（笑）。アメリカからいよいよ日本に帰るという前に一時帰国し、師と仰いでいた鶴見俊輔さんに会いにいった。そうしたら鶴見さんは、まずちょっと不機嫌そうに、「いよいよきみも帰るのか？」って。「でも、帰るなら、よっぽど覚悟しておいたほうがいい」って、脅かすんです。で、次に、そのときに参考になるこんな生き方があると言って、何人かの例をパパッと出す。話すだけ話すと、外へ出て、河原町の大きな書店にまっしぐら。そこで、さっき話をした人たちの本をサッサと買って、それをぼくに渡すと、「じゃあ、失礼」と言って去ってゆく。

高橋：いいねー。最高の先生ですね。

辻：まあ、その一人っていうのが安部譲二だったんですけどね（笑）。その時、鶴見さんが言ったことで覚えているのは、「日本はおかしくなっていて、一万円ランチってのがあるんだ」。ちょっと顔が売れると、打ち合わせの時でも一万円クラスのランチが出る。そういうのに味をしめた作家や知識人は、五〇〇〇円のランチが出ると文句を言う。「こんなところに、きみは本当に帰ってくるのか？」と（笑）。

高橋：一万円ランチか。あっただろうなあ。

辻：ぼくの高橋さんのイメージは、バブルの時に大活躍した人なんです。

高橋：ぼくは、基本的にバブルを歓迎していました。日本の近代文学は、そもそも否定性の文学で、骨格にあるのは現状の否定なんですね。とりわけ高度資本主義成長期になると、資本主義を謳歌することに徹底的に立ち向かえ、というような空気があった。ぼくはそもそも近代文学を否定するところから出てきたので、政治的メッセージを文学的メッセージに入れ替えるような戦後文学ってものが、文学の世界を貧しくしてきたと思っていた。その逆をするのだから、バブルを擁護するように見えてもしかたがなかったと思います。それに、バブル期は資本主義に余裕があって、中世ヨーロッパのパトロンみたいに、文化にお金を出す条件があった。

辻：日本にも昔からありますね。

高橋：それ自体はいいことだと思うんですよね。一見、資本主義の走狗《そうく》みたいになってるんだけれど、利潤追求とは違う。そこで出てくるコピー、デザイン、漫画、アニメ、すべてを擁護すべきだと、ぼくは考えていました。

辻：遊んだわけだ、いっしょに。

高橋：そうそう、資本主義のこの側面は非常におもしろい、これは遊んでいいだろうと考えたんです。言語表現で言うと、マーケットや市場が拡大していくと、今まで市場になかった言葉も入ってくる。これを文学の言葉にしちゃうことに精を出すんです。ぼくの判断ではとにかく「行け！」でしたね。

辻　：それは何歳くらい？

高橋：デビューしたのが八一年で、二、三年目くらいからバブル期に入っていった。三〇代半ばから四〇代前半の頃かな。そのころあまり小説書いてないんですよ。

辻　：遊びすぎて？（笑）

高橋：遊んで、ガンガン批判されてた。でも、「今は遊ぼう」と決めてました。

辻　：八四、五年からの一〇年は、世界的に見れば新自由主義が世界で主流になりはじめた時ですね。

高橋：その頃はそんなふうに考えてなかった。当時は、その表層に出てくる言葉の問題しか書いてないです。どんどん新しい雑誌が出て、新しいデザイナーが出て、新しい作家も生まれてきて、あと異種混合も起こった。たとえば、演劇界や他の分野から作家がでてくるようになって、戦後文学の巨匠も生きてたんだけども、世代交代が大きく始まった。昔の巨匠には全然わからない作品を書く作家が出てきた。ぼくは、粛々と世代交代を推し進めて、言葉を更新する時期だと思ったんです。言葉を更新しないと、マインドも更新できないから。この先に何があるかはとりあえずわからないんだけども、その言葉の更新にはつきあおう、徹底してやろう、と思ったんです。

「バブル、楽しくやったんだろ」と言われれば、楽しくやってました（笑）。広告関係や雑誌に書くだけで、食べてました。ギャランティーがよかったから。

辻　：その後、小説をまた書きはじめる転機は？

高橋：『優雅で感傷的な日本野球』（河出文庫）を八八年に出して、その後ちょっと休みがあって、『日本文学盛衰史』（講談社文庫）が九五年かな。バブルがはじけて社会全体が行き場を見失い、文学の言葉も行き場を見失った時期に、ぼくの中で「この方向かな」っていうのが見つかったんです。

バブル以後、作家として

辻：阪神大震災が九五年に起こります。それとサリン事件が。どんな影響があったんでしょうか？

高橋：その前の九一年の湾岸戦争が直接には影響があったと思います。戦争に反対するメッセージを出したんです。政治的なことは発言しないとデビュー以来かたく決めてたんだけど、「今、スルーするのはよくない」と思った。湾岸戦争に反対する署名もやって、ぼこぼこに批判されました。

辻：雑誌から？

高橋：いえ、読者や作家から。いっしょにやったのは田中康夫と柄谷行人と中上健次で、組み合わせも妙だし、憲法を守るという声明文も作った。まあ、はっきり言って立場を変更したんですね。

辻：葛藤はなかったですか？

高橋：そもそも、メッセージを出す前に湾岸戦争反対の集会をやるっていう知らせがきた。最初に思ったのは、「これは見なかったことにしよう」（笑）。「でもおかしいよな、どう考えても」と思って、もう一回見て、「これに行ったらどうなるだろう」と、半日くらい考えました。スルーしたら説明はいらないけど、何かすると説明をしなきゃいけない。じゃあ、どう説明ができるかって考えた。作家は小説を書くことで世界に関わるのは当然なんだけれども、それ以外にも作家には言葉という武器があって、それをしかるべき時に出すのもひとつの義務だと思って応答したんです。でも、かなり面倒くさいことになるな、とは思いました。

辻：ある意味、自分の中でバブルを始末している感じですね。

高橋：そう、作家として一番恐ろしいのは、自分の言葉が腐ることです。そうならないように、本能的に処理したんじゃないかな。これ以上こういう時に発言をしないでいると、自分の言葉がやばいことになるよね、って思った。三・一一の後で、「弱さ」が自分のテーマになったのも、本能的なもののような気がします。つまり自分の言葉を生き続けさせていくために必要なものを作家として考えていく。そちらへ自然に導かれていく。

辻：ちょうど真ん中に、二〇〇一年の九・一一が入るでしょう？　坂本龍一さんもある意味バブル時代のスターでしたが、九・一一に遭遇して、それ以後政治的な発言をする一方で、社会的なアーティストとしておもしろい活動を展開しながら、魅力的な音楽を作り続けている。

高橋：そう、坂本さんこそ典型ですよね。坂本さんも同じように批判されるでしょう？　「お前はバブルの恩恵を受けてたじゃないか」、「お前だって電気使ってるじゃないか」とかね。でも必要がある時には方向を変えなきゃいけない。それは多分坂本さんにとって、自分の音楽を腐らせないためでもあったんじゃないかな。

辻：九・一一もかなり影響がありましたか？

高橋：大きかったですね。九・一一をテーマにした小説の連載をはじめたんですが、未完で終わってしまった。タイトルは『メイキングオブ・同時多発エロ』。

辻：テロじゃなくてエロ？

高橋：九・一一ショックを受けたアダルトビデオの監督が、九・一一のチャリティビデオを作る（笑）。二〇〇二年から連載を始めて三年くらい続けたけど、どう書いていいかわからなくなった。「なんとか終わりまで書いてくださいよ」って編集者から言われたけど、書けないものは書けない。

辻：それは発刊されてない、未完だから。

高橋：そう、「なんでもいいから完成させてくださいよ」と言われて、「しようがないな、完成させるか」と手にとって読んでた時に、三・一一が来た。三・一一が起こった時に読んでたのが、九・一一を書いた小説だったんです。

辻：それはなんともすごい巡り合わせですね。

高橋：そしたら小説の終わり方がわかったんです。っていうか、九・一一の小説を三・一一に変えたわけですけど。なぜ書けなかったかもわかった。『メイキングオブ・同時多発エロ』の最大の欠陥は、まじめすぎることだった。ものすごくシリアスな小説で書いていてつまらなかった。三・一一の後に書いた『恋する原発』（講談社）はシリアスじゃない。ふざけてる。なぜかと言ったら、九・一一は他人の話だったけど、三・一一は自分たちの問題だと思えたからかもしれない。

辻：他人のことだとふざけちゃ悪いっていう感じ？

高橋：つまりね、遠いんです。どうしても近づけなかった。結局九・一一ってのは他人のことだったんだなあと気づいた時に、三・一一のことが書けるような気がしたんです。自分たちのことなのか、自分たちのことじゃないのかっていう区別をずっと考えていました。日本で起きたから自分のもので、アメリカで起きたから他人のものってことではないんですよ。これは話せば長くなるんですけども。

辻：そうすると、九一年の湾岸戦争から九・一一までの間に、格差の問題とか、弱者の問題とか、政治的に弱い側に立たなきゃいけない、みたいな自分はなかった？

高橋：なかったですね。

辻：湾岸戦争の時はどんな感じで反応してるんですか？

高橋：湾岸戦争の時は、日本は資金での参加ですよね。アメリカを中心とした軍隊に、日本は軍隊として参加できないのでお金を出した、と言われた。それは、戦後日本が抱えてきた課題でしょう。派兵はしないけれども、軍事的行動を起こす行為に参加するっていうこと。ある意味、戦後体制というか、憲法九条で考えていることから外れている。そのことに対しては、「日本国がその戦争に加担することを反対する」という声明を出さなければならないと思った。それは、非常に純粋に政治的な意見を出すっていうことだった。なので、具体的な格差の問題とか、新自由主義的な経済問題とか、政治運動に参加するという立場ではなかった。つまり、何かあればある時点で、言葉として出すということはためらわない、っていうスタンスです。

辻：そのことはやっぱり大きかった？

高橋：大きかったですね。さっきも言ったように、自分の中で政治的な言葉を禁じてたのを解いた。次にどこに行くかは考えてなかったんですけど。

辻：世界との接点が、あやふやになってるような感覚があったのかな？

高橋：多分、ぼくは、作家は何か聞かれたら答えなきゃいけない、と思ってた。作家は言葉を扱う仕事だから。

辻：反応しなきゃいけない。

高橋：そう。あなたはどう思うの？　って聞かれたら、なんか言わなきゃいけない。多分読者が期待してるのは、作家の具体的な行動じゃなくて、まあ、行動を期待している人もいるかもしれないけど、最低限作家がやるべきことは、言葉を発することだと思う。三・一一が起こって、「高橋源一郎はどう思ってるかな？」とぼくの読者は思うだろうから、それにはこたえるべきだと思った。湾岸の時は直接声明を出したけど、九・一一の時は小説の形で出そうと思ったんです。

バブルとは一体なんだったのか？

辻：バブルに話をもどしますが、日本人にとってバブルがなんだったのかということは日本の思想史にもかかわる重要なことだと思うんです。現に今、「バブルよ、もう一度」みたいな雰囲気が出てきてますね。日本のバブルというものについて、まだ説得力ある考えが示されていないように思うんですが、どうでしょう。

ぼくは七〇年代の終わりにアメリカに行って、ワシントンD・Cの黒人街に住んで、自転車で大学に通ったんです。カーター大統領の時代でした。国会議事堂の横から出ていって、ホワイトハウスの前を通り、十何ブロックか先へ行くと、世界中の社会問題を凝縮したようなすさまじいスラム街がある。自転車で走るだけで、世界の権力のトップとアメリカの最底辺とを行き来できちゃう。これを毎日やるんだから、心理的なローラーコースターみたいです。町としてみれば、ひどく引き裂かれた嫌なところですよ。でも、今思えばおもしろいこともたくさんあった。

カーター大統領は、チャーリー・ミンガスという反体制的な黒人ジャズマンをホワイトハウスに呼んで、演奏会をやったりしてました。ミンガスは車いすでやってきて、演奏しながら涙を流す。あたりにはまだ六〇年代の変革の時代の光が残っている感じだった。それに、国会議事堂やホワイトハウスが近かったから、デモをいつでも見ることができた。一番力があったのがフェミニストのデモだな。

高橋：そうなんだ。

辻　：女性のデモだけはすごく元気があった。いい意味でのアメリカの力強さと明るさがあった。その直後にレーガンが大統領になって、いわゆる新自由主義が世の中を支配するようになっていく。八五年という年がぼくには強烈な印象がある。そのひとつは、マドンナ。フェミニスト的な世界からひんしゅくを買うようなイメージが出てきた。

高橋：今となってはフェミニズムの闘士だけどね。

辻　：あと、マイケル・ジャクソンが変身する時期だった。それ以前は黒人の庶民の英雄だったのに、顔を整形しはじめてグローバル化のシンボルみたいになっていく。でもアメリカでは、新自由主義の時代になっても、いわゆる運動がしぶとく生き延びていくのも見た。これはやっぱりアメリカのすごさだと思う。日本ではバブル一色みたいになっちゃったから。

それから、「弱さ」に関連したことでいうと、ヒッピーとかインディアンだとか、そういう人たちに惹かれて、なぜか少数者のところにばかり行っていたわけです。大学で仲よしになるのもほかの国から来たマイノリティだったり、あるいはその国のマイノリティだったりする。

高橋：どうして？

辻　：うーん、日本からくる学生ってエリートが多いし、団結して日本のよさを訴えようみたいな雰囲気じゃないですか。企業から送られてくる人も多かったしね。勉強してるのは科学やエンジニアリング、文科系でも経済、経営が多い。その人たちとつきあうと、どうも居心地が悪い。

高橋：それはわかります。

辻　：だから、弱い側に立つべきだとかいう意識じゃなくて、こっちのほうが楽しいなという、快楽的なものが先にあった。でもその人たちは決定的な「弱さ」を持っている。たとえば、ドラッグや酒漬けになりやすかったり。

高橋：そんなに弱いんですか？

辻　：社会的弱者とは別の意味での、弱さや脆さを抱えていることが多いんです。でも、その人たちといることは魅力的だった。いろいろ研究もできそうだなって思ったけど、そこには落とし穴があった。

高橋：どんな？

辻　：つまりあまりにも近すぎて、研究対象にならないんです。普通だったら、研究者っていうのは否定形から入るわけですよ、「問題はなんですか？」とか、「何に困ってますか？」とか、そう聞けば、ちゃんと望んだような答えは出てくる。問題は実際にいっぱいあるわけだから。ところが、ぼくからすると違和感がある。だからある時から、ぼくは肯定形でいこうと決めた。「あなたの好きなものはなんですか？」、「楽しいことはなんですか？」とかね。そうすると肯定的な答えがばーっと出てくる。本来エスノグラフィー（民族誌）って、どっちから見た世界なんだろうと思いましたね。そういう経験を経て、日本に帰ってきて大学で教えることになった。バブル崩壊直後でした。

高橋：日本に戻って違和感がありましたか？

辻　：ええ、最初は驚いた。日本の学生は後ろからつめて座って、前のほうを空けておく。アメリカとかメキシコでは前から席をつめていくし、前に座るために早く来たりする。質問もどんどん出る。だから、これはとんでもないところに帰ってきちゃったなと思ったりして。やっぱりぼくには日本は無理かな、なんて。でもだんだん、日本の学生にもいいところがいっぱいあるとわかって、教えることがおもしろくなってきた。二〇世紀の終わりが近づく頃に、ふと気がついたんです。学生たちはポスト・バブルジェネレーションだな、と。で、ぼくは言ったんです。「ぼくは君たちと同世代だ」（笑）。同世代として、いい世の中をつくる運動を一緒につくろうって。バブルというのはひとつの巨大な集団的病だったんだと思っています。後遺症が未だに重く残っている。

高橋：ぼくは、バブルの真最中に、「これはそもそもまともなのか」って思ったんです。「一種の集団的熱狂で、病気だな」って。「でもこれは一回は罹《かか》ったほうがいいかな」と。

辻：積極的に罹る、か（笑）。

高橋：明治期の坂の上の雲を目指す人たちから始まって、明治二〇年以降、この国はまあ一回は挫折してるけど、ずっと上を見てきた。今日より明日がいい、明日より明後日、昨日はだめでも今日はもっとよくなるっていうことが、一種の信仰として続いてきた。だから、それがこの国の宗教とも言えるんです。国の形がどうのとかじゃなくて、「今日より明日がいい」ということで、ある種の国民的合意が成り立った。

七〇年代がすぎて、さらに今日より明日ってなった時に、いろんな理由で加速のスイッチが入って、だれも経験したことがないラインを越えてバブルが来る。そこから先は一種のお祭りだったと思うんです。一〇〇年かけてたどりついた祭り。何百年も右肩上がりなんてことはありえないから、どっかでぼくらはUターンしなきゃいけないんだけども、最後の段階に祭り、もしくはプレゼントがないといけないのかな、と。

辻：お土産をもらって、引き返す（笑）。

高橋：そう、楽しい記憶が最後のプレゼント。明治世代や大正世代の分も含めての配当金が来たのだから、これはもうプレゼントとして受けとりましょう、と思った。バブリーって呼ばれる豊かな表現や、豊かさに裏打ちされた表現がぞくぞくと出てきた。表現っていうのは、明らかに貧困の時代よりも豊かな時代のほうが色合いも豊かなんです。貧困時代の表現はまた別の種類のよさはあるけれども、お金の心配をしないで表現のみに打ちこめるから、洗練され、磨き抜かれた、巧緻《こうち》な表現がどんどん出てくる。たとえば、今まで芸術ジャンルに入っていなかったものも芸術ジャンルに入ってくる。アダルトビデオとかですね。お金があるとしゃかりきになって売る必要もないから、作るほうも楽しみなさい、みたいな余裕ができたんです。だから八〇年代から九〇年代にかけて、あだ花的と言っていいくらい多様な表現が出てきて、ぼくはそういうものも擁護したいと思ってました。でも、あだ花だからいつか人は現実に気がつく。そのバックフラッシュは大きいだろうなとは思ったんですが。

辻：バックフラッシュっていう時に、未来のこと考えました?

高橋：考えました。正直、ずっと続くはずはないと思った。小説でいうと、夢を扱ったものが増えてきた。どんどん現実から離れていく。現実から栄養をもらわない表現が出てきた。どんなジャンルでも、何年かやってると、ルーツから離れて独自の発展をするものが増えるんです。

辻：あだ花ってそういう意味かな。

高橋：そう。もう根はなくなっている。水の中に漬かっているようなもの。加速度的に繊細なものが増えてきた。ある時点で、表現者っていうのは現実から自分を断ち切る瞬間があるんですね。

辻：で、「自分だけは死なない」というところに行きつく?

高橋：考えてなかったんです、死のことは。

辻　：考えてなかった？

高橋：つまりそういう意味では、自分の身体が見えてなかった気がしますね。死のことは言葉として小説の中では書いていましたけど、ぼくの中で一種の記号だったと思います。だから自分の死は考えてなかったですね。祭りの中にいると、「死ぬのかな」とは考えないでしょう？　バブルの頃の表現のひとつの特徴は、死を回避していることですよね。そのことは忘れた永遠の一日みたいな感覚。永遠にお祭りが続いていくみたいな、ね。だから死を描いても、死に関するお祭りになっちゃうわけ。死そのものを扱っていても、祝祭としての死みたいなもので、時代全体が、「死のことを考えずに日々を生きよう」みたいなメッセージを持っていたのだろうと思います。

辻　：死と「弱さ」は密接に関係していると思うわけですが、「弱さ」にも関心がなかった？

高橋：意識してなかったですね。ただ、ぼくは小説家なので、読者の問題としてはなかったわけじゃない。

辻　：どういうことですか？

高橋：書いたものをだれに届けるかということです。ぼくは基本的には未来の読者を考えています。一〇〇年後にいるかもしれない読者。その人たちはまだ生まれてないでしょ？　ある意味死者に近いんです。生まれてない人間にはそもそも届けられない。だから、ぼくは仕事の根本に非常に弱いものをかかえているんです。まだいない、か弱い存在に向けて言葉を作らなきゃいけない。でもそれはあまりにも根本的な感覚なので、意識的につねに感じているわけではないんです。でも、作家が「弱さ」について持っている感覚は、多分そこから出てくる。一〇〇年後のいるかどうかもわからない存在が聞きとれるかもしれない、かすかな声として言葉を考えるというのは、言語芸術に携わっている人のある種の基本感覚だと思います。

辻：へえ、それはおもしろい感覚だな。

高橋：それこそ言葉の通じない人間とか、宇宙人とかを読者として考える。言葉が通じて、自分が書いたものが読んでもらえるというのはある意味、非常にラッキーなことだと思う。本当に通じてよかったねという感覚は、本を作ってもらってうれしいっていうのとは別で、本来通じるのが困難、コミュニケーション自体がそもそも人間にできるか、そういうことを考えて仕事をしています。

辻：なるほど。

高橋：現実の人間でも、幼い子どもや、障がいを持つ人とのコミュニケーションはむずかしいですよね、認知症の老人とか。その人たちは、ぼくの理想の読者に近いんですよ。だから辻さんが弱い人たちといるのは楽しいと言っていたけれど、ぼくにとっては、認知症の人たちがいるとうれしいような気がする。ぼくが想像してる読者に会ったたって感じがどこかでするのかなって思う。

第二章　ポスト三・一一〜「弱さ」のフィールドワーク

三・一一と「敗北力」

辻：さて、いよいよ三・一一のことに話を移しましょうか。三・一一以後を考える時に、ぼくはひとつの入り口として、鶴見俊輔さんの「敗北力」という言葉を置いてみたいんです。これを最初にどこで鶴見さんが言ったかなんですが、島森路子（一九四七年〜二〇一三年・広告評論家・エッセイスト・編集者。月刊誌『広告批評』の二代目編集長・発行人）さんが、『広告批評』のインタビューで、鶴見さんにこの言葉を投げかけた時じゃないのかと思うんです。島森さんはこう言っている。

「インタビューで、鶴見が『負けたことを自分の記憶に留めておく』と言ったことに触発された。今の時代を考え直す、あるいは私たちがこれから生きていくひとつの拠り所として、『負ける力』というものが大きな鍵になるのではないか」

それに鶴見さんはこう答えている。

「生きるっていうのは最後に無に没してしまうわけで、当然それが敗北なんです。その間にサクセスストーリーを構築しようとすれば、どうしても見たくないものが入りこんでくる。それは具合が悪いと思うんですよ。元々失敗するようになっているものなんですから。だとすれば成功は失敗が繰返された結果であり、成功はむしろ失敗の型で出来上がっている」

「成功は失敗の型で出来上がっている」って、すごい表現でしょ？　次に、鶴見さんは勝ち負けの問題について発言していて、「〈To lose to gain〉って言葉が、夢を見てたら急に出てきた」と話す。つまり人生において、「失うことこそが得ることである」という見方が非常に重要だということです。戦後の日本、いやそれ以前からですが、近代日本では「勝てば官軍」というのが基本的な考え方で、しかし、アジアでは古代からその対極には、「国破れて山河あり」という、アナーキスト的な、あるいは自然思想やエコロジー的な考え方があった。これこそが「敗北力」の基底だというわけです。

三・一一では、この「敗北力」が試されたのだなと思いました。しかしこの二年余り、日本人はまた「敗北力」のなさをさらけ出してきた。「勝つ」方向に向かって舵を切り直そうとしてしまう。そして「勝つ」ことを一番効率的にやる方法をなんとか見つけて、それに乗っていこうと考える。

高橋：三・一一後、とくに直後の一週間くらいが大事だと思っていて、ぼくはあの一〇日間のことは鮮明に記憶に残っているんです。

辻：すごいな。ぼくは混乱してたからあまり覚えてないんです。

高橋：それはちょうど、覚える必要があったからなんです。二日後の三月一三日に、ニューヨークタイムスから寄稿依頼がきました。その趣旨が、「東日本大震災は単なる自然災害にとどまらず、この日本という国の戦後社会を変える大きな事件だと思いますが、それを文化の観点から論じてください」ということだった。

辻：すごく早い、そして的を射た依頼だなあ（笑）。

高橋：でしょ？　それを聞いて、はっと我に返った。ツイッターをやってたんで、できるだけいろんな人の言葉を一週間くらい拾って考えたんです。なのでよく覚えているんです。もう、そのころくらいから言葉の中に「希望」が見えていた。

辻：「希望」ですか。どういった？

高橋：三・一一以前からあった閉塞した社会観や感情が、とてつもない災害が起こった結果、根本的に変わるかもしれないという、希望に似た感情です。これを多くの人たちが、インテリも一般の人たちも共有していた。不思議だったなあ。それくらいみんなが閉塞感を感じていたんだな、という思いと、なぜ大災害からみんなが希望を感じたんだろう？　ってことがね。

震災後に原発事故が起こって、二号機が爆発した時、キノコ雲の映像が映りました。それから津波にさらわれた町の様子が映って、ある年齢層の人たちは「戦後すぐの風景だ」、「敗戦時の風景だ」と言った。しかも、そう言った人たちもじつは戦後生まれで、ほんとは見てない。疑似記憶なんです。テレビや新聞で写真を見た人たちも、「これはあの日の光景にそっくりだ」と。見てないじゃん（笑）。

それから、原発事故があった次の日くらいに、今の天皇の放送がありました。これが敗戦後の玉音放送のようで、あの一週間は、一九四五年の八月六日の原爆投下から八月一五日の終戦までが繰り返されたように、重ねて見られていた。それで、「ああ、これで戦争が終わって、戦後が始まる」と、みんなが一瞬思ったのかもしれない。でもそれはつまり、敗戦で日本人は希望を感じたということなんですよね？（笑）。

辻：敗戦は希望だと。

高橋：そう、そういうふうに記憶に埋めこまれていて、それが出てきたのかなと。これは驚きでした。ぼくは、あの瞬間、日本人の多くが抱いた気持ちを考えながら、ニューヨークタイムスの記事を書いたんです。「もしかしたらここに希望があるのかもしれない」って。じつはその時同じようなことを、村上龍さんもニューヨークタイムスに書いていました。村上さんは、それまで日本人はエゴイストで、自分自身の欲望のために生きてきたけれど、震災があって助け合い、エゴイズムに基づかないコミュニケーションをした。ここに共同体の再生の希望があるのかもしれない、というように書いていた。多分、今取り消したいと思ってるだろうけど（笑）。

辻：たしかに。

高橋：つぎに、一〇日目くらいで気づいたことがあります。それは、この国の人たちの特徴は「忘れやすい」ということだと。世界が変わるほど大きな出来事があっても、たとえば六六年前の敗戦だってその後、社会は根本的に変わったように見えて、でも結局はまた元へもどった。それを繰り返すのかもしれないと思ったんです。

朝日新聞の「論壇時評」の一回目を四月に書いたとき、ぼくの記事のすぐ横で小熊英二さんが東北と米の話を書いていました。今、震災が起こって東北のことをみんな話しているけれども、今までは東北のことを知ろうとしなかった。たとえば、そもそも熱帯系の植物である米を、なんで東北でつくっているのか。元々、日本は植民地でも米を生産していたことがあります。植民地を失ったために米の生産の北限を上げて、国策として東北、北海道で米を大量に作らせた。だから東北は米の生産地としてはあっていないし、米作りを農業の中心にしたのは東北のためにもならない。それも含めて、戦後、何十年も我々が蓋をしていた、知ろうとしなかったことがいっせいに明らかになった。原発問題と東北問題は別の問題なんだけれども、構造としては重なる。

辻：水俣も同じでしょう。

高橋：そう、真ん中に水俣をはさむとよくわかります。過疎地に迷惑産業を持っていってお金だけ投下するっていうのは、じつは明治以来、ずっとこの国がやってきたスタイルです。でもそのことを都市住民は知らされてないというか、知ろうとしなかった。三・一一によってそういう都市生活を営んできたことがわかってしまい、それを知ったうえで、なおかつ同じことができるのか、という問いをつきつけられた。でも、きっとすぐに忘れられるのだろうと思ったんです。

辻：高橋さんは、三・一一前に原発について発言したことってあるんですか？

高橋：いや、ないですね。

辻：それはあまり関心がなかったってこと？

高橋：原発のような危険なものはないほうがいいけど、事故は多分起きないだろうと思っていました。少なくとも事故が起きないかぎり、原発はＣＯ２も出さないし、管理やシステムについてはそういう点はちゃんとやっているだろうと思っていた。

辻：日本の科学技術はかなりしっかりしてるんじゃないか、と。

高橋：そう。でも三・一一後いろいろ調べて、原子力工学まで勉強してみたら、まあ少しかじった程度ですが、思っていた以上にこの国のシステムは劣化していて、もうちょっとましだと思ってたことに根拠がないとわかった。それなりに優秀な人間がそれなりの場所に置かれていると思ってたけど、そんなこともなかった。日本のＩＴ系の技術の最高峰の学者さんと話をしたら、「原子力発電、あれはそもそもだめだよ。あれは原理がやかんでお湯を沸かすのといっしょなので、筋が悪い技術だから使うべきじゃなかった。ああいう技術的確信がないものを産業としてやってきたのは、軍事転用が可能だからだけで、科学的にだめなんだよ」って。もっと早く言ってよねって思いました（笑）。

フィールドワークその1　祝島

辻：三・一一後のフィールドワークの話に移りましょうか。ぼくも関わってきた脱原発運動の中で、長くひとつの焦点だった場所に「祝島《いわいしま》」（瀬戸内海の周防灘と伊予灘の境界に位置する山口県熊毛郡上関町の島。対岸の上関町四代田ノ浦に建設予定の上関原子力発電所に二三年前から反対の運動を続けている）がありますが、高橋さんは三・一一の直後に行ったわけですね。

高橋：三・一一まで、祝島の反対運動はまったく知りませんでした。雑誌で読んで、映画『祝《ほうり》の島』（纐纈《はなぶさ》あや監督）を観て、二〇一一年五月に初めて行ったんです。

辻：映画を観てなにかを感じた、ということですか？

高橋：そう、定例の反原発デモが千何百回続いてギネスものだというんで、とりあえずそのデモに参加しようと。ちなみにぼくは、祝島のデモが三〇年ぶりのデモだった（笑）。

辻：へーえ、それはおもしろい！

高橋：そう、三〇年ぶりにおばあちゃんたちといっしょにデモをしました。すごいですよね。平均年齢六五歳くらいなんだから。行ってみたら、「ああ、これは『弱さ』の研究だ」と思えた。島には旅館がたしか二軒しかない。電話をかけたら、「泊まるのはいいけど、私、今病気だから世話ができない」って言われて、「いいです、泊めていただければ」と行ったわけ。港のすぐ前にある旅館です。

辻：ぼくが泊まったのと同じとこだな、きっと（笑）。

高橋：本当に、おばあさんが布団を敷いて寝ていた。「晩ご飯作れないよ」というから、「どっか食堂はありますか？」って聞くと、「あるんだけど、今日は法事で貸切り」って（笑）。どうしようかなと思って二階の部屋に入って、二時間くらいたったら、下からいい匂いがしてきた。降りていったら、台所でだれかがご飯を作ってる。「どなたですか？」って聞いたら、「隣の者です。おばあちゃん病気だから来たの」。「何作ってるの？」、「あんたたちの夕飯だよ」って（笑）。ご飯を食べていたら、話を聞いた人が魚を持ってきてくれた。「お金はいらないよ」って、食べ切れないくらいのお刺身もでてきた。話を聞いたら、「ここでは困ったら他の人が来てやってる」って言うんで、「これはすごいとこだ」って、この島のシステムを調べることになったんです。

上関原発建設の反対運動が始まった二〇年前の人口は約二〇〇〇人で、ぼくが行った時は四七九人。人口のグラフを見たら一直線に落ちている。平均年齢は六〇代後半です。老人ばかり。だから祝島は、未来の日本の縮図なんだと思った。でも、雰囲気がすごく明るい。平均年齢が上がって人口が減って、老人は一人暮らしをしているけど明るい。その秘密を知りたいと思って、あちこち調べたんです。

辻　：理由がわかりましたか？

高橋：島に住んでる人たちはみんな、「弱者」だということはすぐにわかりました。この国は、若くて、働けて、元気があって、家族を持ってる人たちを良しとしてきた。でも祝島には、老人で、しかも一人暮らしの人ばかりです。都会では、そういう人を放っておくか施設に入れるけど、島では、老人たちが集まってしゃべったり、病気になったらだれかが手伝いに来てくれる。島民は意識しないうちに、降りていく社会のきれいな終わり方はこうだよ、という暮らし方をしている。
道を歩いていくと、蜜柑や枇杷畑でおじいちゃんが一人で作業していて、「食べる?」と実をさしだしてくれる。それを食べてまたしばらく歩いていくと、今度は森に還ってしまった畑がある。「ここはどうしたの?」って聞くと、「持ち主が死んじゃったから」。飛び飛びに、畑、森、畑、森なんです。死んじゃった、まだ生きてる、死んじゃった、まだ生きてる……。そんなふうに見ながら登っていくと、一番上に棚田があるんですね。ここの棚田を作っている人も七七、八歳だから、六段あった棚田を、今はもう四段しか作ってない。今年また一段減らすと言う。で、米は自分のためじゃなくて、子どもや孫のために作ってるそうです。そういう在り方っていうか生き方は、美しいだけじゃなくて合理的だとも思いました。つまりぎりぎりまでみんな働いてるし、病人も少ない。豚の放牧もしてましたね。
辻：棚田の石垣はすごかったでしょ。現代の社会から見ればあんな無駄はない、わりに合わない。
高橋：人力でやるんだものね(笑)。
辻：でも、それが水を貯えるダムにもなっていた。だからかつては今より多い人口で水が自給できた。
高橋：そういえば、七年前まで閉じていた小中学校が、六年前からIターンで子どもがもどってきて、映画『祝の島』では三人だったのが、今は七人いるそうです。子どもは少しだけど増えている。小学校の入学式には、島のおばあさんやおじいさんも参加してる。
辻：子どもをみんなで見守り、育てているみたいですね。
高橋：一番びっくりしたのが、原発建設反対の闘争をした時に、祝島漁協に中国電力から巨額の金が振りこまれたのを、まるごと返したことです。お金はいっさい受けとらなかった。なんでって聞いたら、「いらないから。だって使い道がないでしょ」って。島で暮らすにはお金があまりいらないんです。じゃあ、なぜ都会の人間はお金がいるのかって考えてみると、健康の不安や老後の費用でしょう？　老後が不安で、財産がないと暮らせないと思ってる。でも、祝島には養老院もないし、ある意味病院もいらない。小さくなっていくプロセスを知恵で補うことで、楽しい生活ができているんです。楽しいことが大事なんですよね。ただ単に収縮していくんじゃなくて、知恵を出して楽しんでいる。原発反対デモも、どう考えてもおばあさんたちの楽しみなんだよね（笑）。

辻：たしかにそうかもしれない。

高橋：デモの途中で、「これからご飯作るから」って帰っちゃう人もいる。エプロンをつけたおばあさんが台所から飛びだして、途中から入ってきたり。いわば生活の中のひとつのイベントなんです。それもなんかいいなあと思った。

考察——離島における「弱さの強さ」

辻：ぼくにとって、とくに印象に残ったのは「こいわい食堂」ですね。高橋さんが行った時にはまだできてなかったんじゃないかな。炭火の掘りごたつのある古民家でやっているんですが、週四日営業、完全予約制というちょっと変わった店。同行した友だちがネットで知ったらしく、予約しておいてくれた。スモール・イズ・ビューティフルというわけか、店の名前が「こいわい」なら、店を一人で切り盛りする女性も「おかみ」ならぬ「こかみ」と呼ばれている。原発に反対し続ける島に興味をそそられて広島から移り住んだ、芳川太佳子さんという女性がやっています。

この人がまず、「今日は天気が良いのでできれば電気をつけたくないのですが、それでもかまいませんか?」と尋ねるんです。次に、「お日様と手だけで、丁寧に心をこめてつくりました」と、筆で手書きされた「こいわい定食」のお品書きを食卓に広げる。そこにはそれぞれの食材の提供者である島民の名が記されている。何も知らずに行ってみたら、スローフードの鑑《かがみ》のような場所だったわけ。食材が祝島産というだけでなく、食器類や調理器具も島ですでに使われていたものを再利用している。なるべく外からのエネルギーに依存しないよう、庭のかまどでご飯を炊き、ソーラークッカーでお湯を沸かし、七輪の炭火で料理をする。調味料も、無添加の伝統的なものを使う。こだわりはまだまだあって、食後、お気入りの一品について客に一筆書いてもらう。そして太佳子さんがそれを感謝のメッセージとして生産者に届ける。「こいわい食堂」は、「注文の多い料理店」で、客は食後、残飯を一皿に集め、渡された古布で食器の油汚れを拭きとることになっている。合成洗剤などで下水を汚さないための配慮です。残飯は、耕作放棄地で放牧されている豚たちの餌になる。

ぼくたちが食事しているところに、氏本長一さんが現れたのでびっくり。祝島を扱ったふたつのドキュメンタリー映画、『祝の島』と『ミツバチの羽音と地球の回転』(鎌仲ひとみ監督)にも登場する人で、脱原発運動の重要人物なんだけど、彼がじつは「こいわい食堂」のオーナーで、豚の放牧をやっている本人だったわけ。食堂も彼の家の一部だった。ぼくはものものしくなるのがいやで、だれにも連絡をとらないで行ったんだけど、やっぱり会うべき人には会うようになっているんですね。

祝島がこれほど長く原発に抵抗してこられたのはなぜか、というのが二つの映画のテーマでもあるんですが、氏本さんや太佳子さんからいろいろ話を聞き、島をあちこち案内してもらって、いっそうはっきり見えてきた感じがしました。たいがいの家に仏壇と神棚があり、神棚には氏神さまと荒神さまが祀られている。それらに、線香をあげ、手を合わせる。日の出に向かって合掌する。そういう日常の態度が、おばあちゃんたちの抵抗の背景にある。祝島から見て朝日が昇る方向、約四キロのところに上関原発建設予定地があるんだけど、もし原発が建ったら、毎朝、そこに向かって手を合わせることになる。そんなことはできん、とおばあちゃんたちは言うわけです。お天道様のおかげで生きてきたのに、原発のおかげで生きてるってことになってしまうのは、認められないって。

高橋：いい意味で、すごくわがままなんですよね(笑)。

辻：太陽を拝むのか、原発を拝むのか。氏本さんによれば、ここにこそ、世界中の人々に今突きつけられている問いがあるわけですよ。かつて北海道で牧場を経営していた氏本さんは、父親の死を契機に故郷の祝島にUターンした。もともとエコロジカルで持続可能な酪農を目指してきた氏本さんは、耕作放棄地に豚を放牧することで、良質な田畑を蘇らせ、育てた豚は高級レストランにブランド肉として

祝島の枇杷畑より対岸の原発建設予定地を望む

石垣を積み上げてつくった畑

出荷するというビジネスを展開する。同時に上関原発への反対運動にも参画することになった。

三・一一の直前に始まった「祝島自然エネルギー一〇〇％プロジェクト」でも、氏本さんは先頭に立っています。彼の言い方がとてもよかった。「エネルギーと言えば都会人はすぐに石油とかガスとか原子力とかを連想する。しかし、大根や枇杷をつくってくれるのは太陽、それを切干大根や枇杷の葉茶にしてくれるのも太陽。島民にとってこれこそがエネルギーというものなんだよ」と。三・一一以後の日本に必要なのはこの原点に帰ることじゃないのと、氏本さんは思っているわけ。そういう意味じゃ、祝島は「日本という島」の持続可能な未来のひな型だとも言えるんじゃないかな。原発というのは強者の論理の権化みたいなもの。三・一一の原発事故はその帰結でしょ。その対極に祝島のような小さな島の「弱さ」の論理があって、そっちのほうに未来がある、と。

祝島が離島だということの意味を考える必要があると思うんです。日本もある意味では離島なんだから。三・一一後に、都会に住む人たちが「エネルギー・シフト」と言いだしたのと、祝島が「一〇〇％エネルギー自給でいこう」と言っているのとでは、やっぱり思想が違うと思うんですよね。

離島は、発展という面から見ると非常に不利だと見られてきた。なぜなら中央への依存度を増していくのが開発であり、発展であり、依存すればするほどいいみたいに考えられてきたから。観光であろうと、農業や漁業であろうと、みんな外へと依存していく。エネルギーもそうだった。でもそうしていると、世の中に大きな変化が起こったときに真っ先にだめになっちゃうんです。地方はたいがい、そういう状況に追いこまれていたわけだけど、普通以上に不便な僻地や離島では、「依存度の高さ＝

発展」というモデルから取り残されている場合もめずらしくなかった。依存度が低い分だけ、自立度が高い。それが逆に三・一一の後、ポジティブなものとして浮上してくる。祝島もそうだけど、いくつかの離島が自立のモデルになりうるわけです。現に、そういう場所から、他の地域も同じようにやればいいんだよ、というメッセージが発信されているように見える。小さいからこそ、遠くて不便だからこそ、つまり「弱い」からこそ、逆にいろんなことが可能であるという例です。

高橋：小回りが利くんですよ。

辻：「弱さの強さ」と言ってもいい。これは、世界の中の日本の立場を考える上でも参考になりうる。でも日本はこれまで「貿易立国」だとか言って、外への依存度を高めることこそが進歩であり、発展であるという立場をとってきた。そうやってグローバル化の優等生をめざしてきたけど、それは同時に、グローバル化が壁にぶつかった時に、一番あやうい立場に立たされたということでもある。これは「強さの弱さ」、つまり強さと信じられてきたものの「弱さ」、ということだと思う。

ぼくは、三・一一後に「シフト」という言葉が盛んに使われたとき、「絶望が足りない」って思ったんですよ。福島の絶望的な事態をしっかりと受け止めきれないからこそ、シフトすればなんとかなるっていう考え方が出てくるんじゃないかって。絶望を、敗北を抱きしめる前に、もうさっさと希望を語りはじめる。そういうふうに語られるシフトって、たいがい技術的なことなのね。ぼくたちはこれまで、いつでもシフトが可能であるかのように生きてきたから、原点までもどって見直すということがしにくいし、苦手なんです。ぼくは、そのことを祝島に行って痛感しましたね。

高橋：あそこには、人が生きて死ぬ場所だっていう感じがちゃんと残っていますよね。我々はとりわけ死を隠してしまい、死を見ようとしない。死が文化の一つではなくなってしまった。祝島の人たちは「死ぬまでどうするか、それまでどこに住むか、だれとどうやってすごすか」を具体的に考えていると思います。都会では、死を具体的に考えるようになってないから、死なないような気がしてくる。でも実際には、一人ひとりが個別に死と向かい合わなきゃいけない都会のほうが、よほど悲惨なわけです。三・一一が起こって、みんな一瞬自分の死のことを考えた。それで久しぶりにメメント・モリ。

辻：「自分がいつか必ず死ぬことを忘れるな」。

高橋：敗戦の時と同じで、三・一一でも死と近づいた。死こそもっとも弱いもので、あるいはもっとも強いものでもある。それが垣間見えたのに、エネルギー・シフトは死の問題を生の問題にすりかえてしまった。あるいは計量できないものを計量し得るものに変えてしまった。そのほうが楽だからです。死の問題は見たくないけど、生の問題だったら積極的に参加できるし、「生きる価値」なんてカウントできないものよりも、暮らしの良し悪しのほうがカウントできる、というふうにね。

辻：その計量可能性っていうことでは、ブータンのGNH（国民総幸福）を思い出します。「弱さ」の研究の前は、「GNH」を研究テーマにしていたんです。そこでは「幸せ」と「豊かさ」という概念が中心なんだけど、豊かさはみんな計測可能だと思っているから問題ない。でも幸せはどうやって計測するんだ、と文句を言う人が多いんです。そしてGNHをぼくが「国民総幸福」と訳すのを、「国民総幸福量」って、「量」をつけたがるんです。とくに男に多い。測れる単位にしようとするわけ（笑）。

高橋：答えの出ない問題は不安をあおるからじゃないですか。

辻　：それじゃ最初から「幸せ」なんて考えられないよね。

考察――次世代に渡すギフト

辻　：三・一一後の高橋源一郎は朝日新聞の「論壇時評」を書き、ジャーナリストのように現場にも行くし、デモにも行く。そのあたりはどうなんですか？

高橋：「論壇時評」は、偶然三・一一直後の四月から書くことになっていました。まるで「あの後」のことを書くのが「お前の仕事だぞ」と、たのまれたような気がしています。作家は言葉を扱う仕事だけれども、社会と離れたところで扱うわけではないんですよね。この社会との深いつながりの中で、時には一見無関係かもしれない芸術のことを扱うけれども、ダイレクトにつながる言葉を扱うこともぼくの仕事だろうと思っています。とくに何も決めずに書き進めてきたけど、やっぱり大切だと思うのは、混乱の中にあっても新しい可能性、この社会のあるべき姿を見つけていきたい、ということ。

さっき子どもの話をしましたけれど、ぼくは本当に子どもの影響を受けてると思うんです。自分がこれからは退場していく身で、次に彼らの時代が来るときに何かを渡してあげたい。作家としてもそういうことを考えるんですよね。未来の読者に渡すギフト、というものを。

辻　：ギフト、ですか。いいですね。

高橋：ぼくたちも、先行する世代にギフトをたくさんもらってきたわけです。これは別に作家の世界のことだけではなくて、我々はそういう者として存在している。ぼくはなにを渡せるかわからないから、勉強しなきゃいけない。その勉強のためには本を読むだけでは足りないから、動き回って見続けなければならない。今あちこち動いているのは、後に来る世代に渡すギフトのため、っていう感覚が強いですね。

ただテーマははっきりしていて、これは「弱さ」の研究とも重なるんですけれど、ぼくは、この社会は大きい弱みを抱えていると思っています。それは、すごくシンプルに言うと強者に向けて設計されているということです。このことはグローバル・スタンダードになりつつあるんだけれども、でもそうではない社会の可能性を確かめて残しておきたいんです。で、実際にそういうところらしいと思う場所を訪ねて、その記憶を残しておこうと思った。それが、ジャーナリスト的な動きになっているのかもしれないなと思います。

ぼくは以前は、まったく部屋から出ない作家のはずでした。でも、ほんとうにこの三、四年は、自分でも自分じゃないような動きをしている。部屋に閉じこもって書くのもいいけれど、それってどうも自分のためのような気がするんですよね。だから祝島について書いた時も、ここが持っている豊かな可能性をだれに向かって書きのこすかというと、自分に向かってではないし、これからやってくる人たちにひとつのサンプルとして提起したいなという気がありました。

辻　：部屋で書くのは自分のためで、外に出ていくと人のためになるんですか？

高橋：いや、それは関係ないですね。まず書くというときは、人のためでも自分のためでもありません。しいて言えば、まず第一の読者である自分を楽しまそうとして、それが結果として読者を喜ばすという構造になっている。だから、あなたが書いているのは自分のためですか、読者のためですか？　って聞かれると返答に困る。両方のためではある。ただ、人のためっていうのは第一義的には来ない。だから「みんなのために書いてます」っていう人は、最終的には信用しがたいねって気がします。

辻　：なるほど。「人のため」で思い出す話があるんです。ブータンに長く暮らした仏教研究者の今枝由郎さんが、「俵万智さんが、若い人たちが『情けは人のためならず』を、『情けは人のためにならず』とまちがって理解しているのを、それはそれでよくわかると同情している」と紹介しています。

高橋：人のためにならないというのが？

辻　：ええ、そもそも「情けは人のためならず」っていうのは、せこい感じがすると俵さんは思う。情けをかければ自分のためになる、自分に返ってくる、みたいなのは。人のためといいながら、最後は自分に返ってくるみたいな考えはどうか、と批判的なんです。今枝さんが次に紹介するのが五木寛之さん。五木さんは「正直者が馬鹿を見る」という言葉について、これははっきり言って真理だと書いている(笑)。つまり正直者がある種の報酬を得るなんて、実際、万にひとつもないくらいだという。このふたつの議論に対して、ブータンに長く暮らした今枝さんは違和感を感じたというんです。

そして、『星の王子さま』（サン＝テグジュペリ）で彼が注目している場面の話をする。キツネが泣いている王子さまのところにくるの、覚えてます？

高橋：最後のほうかな？

辻　：そう。王子さまの星にはバラの花が一輪咲いていて、その花だけが友だちだったんだけど、地球に来てみると何千本も同じ花が咲いている。それを見て、自分の星のバラの花は何も特別な花ではなく、どこにでもあるただの花だったのだと気づいて、いわば絶望して泣いている。すると、キツネが出てきて、「飼い慣らしてくれ」と言って、二人は時間をかけて飼い慣らしあう、つまり友だちになるんです。最後に別れの時が来て、キツネが言う。「君がバラの花を大切に思っているのは、君がそのバラの花のために時間を無駄にしたからだ」って。今枝さんは、この「時間を無駄にした」というところを、ほかの訳者がどう訳しているかを比べてみた。そしたら最初に訳した内藤濯さんが「無駄」と訳しているだけで、その後の他の多くの訳者たちは、「それは君がバラの花のために時間を使ったからなんだ」とか、「時間を費やしたからなんだ」と訳している。これはぜんぜん違うことだろうと。

高橋：そうですね、「無駄にした」っていうのと、意味が全然違う。

辻　：時間を人のために使うのか、自分のために使うのか、っていう二元論がある。もっと言えば、「自分のために生きる」と「人のために生きる」、「自分のため」と「人のため」の間には溝があって、そこがポカッと空いてるような気がするんですよ。運動をする人と運動をしない人、利他と利己の間に。

高橋：分断されてるわけですね。

辻　：これはとっても不幸なことだと思う。ぼくは自分のことをちょっと無理して運動家と呼んでいるところがあるんですが、でも同時に、いわゆる運動家というあり方を自分は越えたい。それをなんとか示せないかなって、ずっと葛藤している感覚があるんです。

高橋：気持ちはよくわかります（笑）。

辻：これは、自力と他力の関係だとか、いろんなことにつながっていく話だと思うんですけどね。

高橋：親鸞が言ってますよね。自分のため、他人のためっていう設定がそもそもおかしくて、やりたいと思ったときにやればいいのだと。たまたま自分のためになっちゃうこともあるし、たまたま他人のためになっちゃうこともある。その時それで良ければいいっていうのが親鸞の考えです。ぼくもその親鸞の考え方はいいな、と思ってます。今回はたまたま人のためになっちゃった、とか、今回はとりあえず人を助ける、とか。格別に参加しないことに意義がある、とは思わないようにすればいいと思う。参加することと参加しないことに思想的な違いを入れちゃうと、ぼくたちはどうしても正しくありたいと思いがちなので、そのことに対して理論武装することになる。どっちでもいいっていうふうにすれば、そもそも理論化する必要もない。

湾岸戦争の時、その反対運動に参加することと参加しないことの間に、自分の中では差があった。その時、なんでそういうふうに分けてるんだろう？　それはすごく不自由なことじゃないかなって思ったんです。そういう考え方自体がね。ちょっとこれはいいなあと思ったら参加して、まずいなと思えば参加しないでいい。いつも「正しく」ありたいという、自分で作った偏見にとらわれているんじゃないかって。今ぼくがやってることも、人のため、あるいは自分のためって二元論じゃなくやりたい。後から来る世代に役に立つといいな、っていうのは願望なんですけれどね。そのほうが楽しいし、倫理とか義務っていうより、わきまえとか。日本語にはもっといい言葉があるでしょ？　人としての礼儀かな？　どっちかっていうと、古い習俗、習慣に近い。そんなふうにぼくは思ってます。ぼくたちは住んでいる世界に、だいたい七〇年から八〇年間借りして出ていくわけでしょ？　出ていく時にきれいにして、何か自分で作ったものを一個くらい置いていくといいかなと。これはモラルというよりも、作法と考えたほうがいいのかな。

辻：英語で言うと〈art〉。今では美術とかを意味するようになったけど、〈fine art〉と形容詞をつけてはじめて芸術になったわけで、もともとは技だとか、作法という意味ですよね。

高橋：〈fine〉じゃないやつですね（笑）。一人だとアートは出てこないんだけど、家族とか、時間的に先祖とか、もっと広げて最終的にコミュニティになっていくと、コミュニティのための作法はありますよね。みんなが詣でるお墓があるとか。そういう中で日々、少しでも心やさしく逝けるようなやり方を見つけていく。だからそんなにむずかしく考えることでもないとも思う。

辻：人類とともに、分かち合いが始まったという考え方がある。これはゴリラやチンパンジーにもある程度はあるんだけど、まだ非常に初歩的な感じなんですね。それが人間になって発達する理由はなんなのか。それはまあ、唯物論的に言うと、飢えをしのいでいく生存の方法だと言えるわけだけど、ぼくの好きな考え方は、「それが心地よいから」ということ。人間の快の感覚が刺激されて、分かち合うことによってつながったり仲良しになったり、いい雰囲気がパッと生まれてきたり、ということのほうに注目したいんです。これが人間がもともともっている「弱さ」をある意味逆手にとって、自分たちを人間的な存在へと押し上げた、「弱さの強さ」のひとつの例かもしれない。

その辺りがなかなか見えていなかったなということが、三・一一の後よくわかったんです。都会にいる若い人たちが、危ないから行くなと言われても、ボランティアに通ったでしょう？　止むに止まれずっていう感じで。現地に行くと、そこで生きている人たちの姿に触れて感動する。いっしょに働きはじめると、だんだん背後に世代を超えた文化が見えてくる。都会ではほとんど触れられないもの。

高橋：そうですね、普段ぼくたちはそういうことに気づかないですよね。典型的な核家族になってるし、自分の部屋で自分のパソコンやテレビを観て、両親とも話さないことがスタンダードになってきてしまった。老人は別に住んでるし、障がい者は施設に入れちゃう。病人は病院へ。弱者と言われる人たちは見えない場所へ移されてしまっている。

辻：そうですね。

高橋：普段ぼくたちが知ってるのは、健常者の、つまり強者だけの家族。そういう家族の中で生きると、逆にものすごく弱い人間になってしまう恐れがある。

辻：弱い人間？

高橋：そう、強いけど弱い。

辻：ぼくたちが研究している「弱さ」とは違う、「強さの弱さ」という意味の、ね。

フィールドワークその2　イギリスの子どもホスピス

辻　：さて、つづけて高橋さんが行かれた子どものホスピス、マーティン・ハウスの話を伺いましょうか。「弱さ」の研究をはじめる時からずっと、ここに行きたいと言ってましたよね。

高橋：やっと念願がかないました。一五年以上前に読んだ小説、アメリカ人のエルキンという作家の『マジック・キングダム』に、子どものホスピスが登場するんです。マーティン・ハウスができた少し後に書かれているので、モデルにしたのかなと興味がわいた。死期が迫った難病の子どもたちをディズニーランドに連れていくと、ディズニーランドのキャラクターたちが神話の怪獣に変化するという奇跡がおこる。おもしろい小説でした。

辻　：なるほど。ずいぶん前から興味があったんですね。

高橋：リーズ近くにあるマーティン・ハウスは、イギリスで二番目に古い子どものホスピスです。リーズはイギリスで第二の大きな街だって知ってました？　ロンドンが一番。二番目に人口が多いのはリーズなんだそうです。リーズはイギリス最大の工業都市で、じつは産業革命発祥の地だった。そこに紡織博物館があるんです。中へ入るとすぐに七歳くらいの子どもの絵姿がある。「ぼくは一二時間も働いて、ほとんど食べたりもしないんだ」と、書いてあるわけ。ひどい働き方をさせられたと、バーンと書いてある。ちゃんと悲惨な資本主義の歴史を残している。

子どものためのホスピスがつくられたのは、そういった由縁もあるのかもしれないと思いました。そのリーズから車で二〇分くらいのところに、マーティン・ハウスという子どもホスピスがあります。ここは七割以上が寄付で賄われています。ですから寄付の専属スタッフが五人くらいいて、ボランティアが二〇〇人くらい。寄付を扱うボランティアだけでです。

子どもホスピスっていうと印象が暗いでしょ。ぼくは行きたいと思ったけれど、実際にはすごく足が重くて、いったい何から聞こうかなって、正直こまっていました。でも、行ってみたら、施設の印象は明るかった。周りを森に囲まれたところに平屋の建物がある。真ん中に丸い建物があって、両脇に長く棟がのびている。片方の棟が年齢一一歳以下で、もう片方がそれ以上の棟。そして、それぞれ棟の端っこに霊安室があります。広い庭にはチャペルがあって、半分ガラス張りで、十字架がぺたっと貼ってあって、十字架の横三〇センチくらい離れたところになにかが貼ってありました。なにかと思って訊いてみたら、メッカの方向を示すキブラの印でした。キリスト教だけではなく、イスラム教、仏教、その他様々な宗教の儀礼の品みたいなものもそろえてあります。

チャペルの中には、子どもが座る小っちゃい椅子がならんでいます。ホスピスはできてから二五年くらいたっていて、さまざまな病気の子どもが利用して、今までに一二〇〇人くらいの子が亡くなっているそうです。ぼくたちが行っている間にも一人亡くなりました。ここで亡くなる場合もあるけれど、もっとも多いのはスタッフがついていき、自宅にもどって亡くなる子だそうです。

ここでは二つの大きい仕事があって、ひとつはもちろん子どものケア。もうひとつは、残された家族のケアです。実際には親のケアのほうが主とも言えます。このことをぼくは知りませんでした。だいたいどの親も、子どもが「もう治療ができない」と言われてここに来るんです。打ちひしがれ、絶望してやって来る。だからスタッフは最初に親を抱きしめて、「よくいらっしゃいました。待っていましたよ」というところから始まる。病院と行き来して治療をする場合もあるけれど、遺伝的な病気の場合には、そもそもどの段階で亡くなるかわからないんです。

辻：医者はいないんですか？

高橋：医者はいるけど普段は見かけません。看護師さんはいます。そして、いろいろな人たちがいる。

辻：いろいろな人たちって？

高橋：かわいい一一歳くらいの女の子がいたんです。「あの子は？」って聞いたら、半年くらい前に亡くなった妹のお姉ちゃんだった。家族を亡くした親や子もやってきて、病気の子どもや、他の家族といっしょに過ごしている。家族を亡くした人たちのケアもしているんです。

辻：子どもを亡くした親もいっしょにいるんだ。

高橋：まじっている。そして、これから子どもを亡くすであろう親とご飯を食べている。子どもの数より大人の数が多いからどうして？　と思ったら、そういうことだった。

子どもは自分の病気が重いことをわかっているから、「私は死ぬの？」って親に聞くそうです。それになんと答えるか。それは親が自分で選ぶんですが、このホスピスの考え方は、「嘘はつかない」ことです。なぜかというと、嘘をつくと子どもの尊厳を汚すから。子どもは一回そういう質問をすると後はしないそうです。それ以上質問すると親を苦しめるのを知っているからですね。ケアの主任の女性がおっしゃってましたが、子どもが一番苦しむのは、自分のために親が苦しむことなんです。

危篤になって意識がなくなった子がいて、その子はいつもお母さんのことを心配していたそうです。お母さんがベッドの横で泣いてたら、その子がふっと体を起こして、そのままベッドの上に座って、お母さんをじっと見た。付き添っていたホスピスのスタッフが、「大丈夫よ、お母さんのことは心配しないでいいのよ、私たちがいるから」と言ったら、安心したようにその後すぐに亡くなったというんです。子どもって、なんでもわかっているものなんですね。死に臨んで、ますますその面がはっきりでてくるんです。

辻：なんでだろう?

高橋：なぜかなあ。余計なことを考えない、本質的なことを直感的につかむ能力があるからじゃないでしょうか。そして、とても親のことを心配している。そこで問題なのは、残された親がなかなか立ち直れないことです。ホスピスのケアで大変で大切なのは、親がもう一度、生き直そうと思うようにすることだそうです。親は子どもを亡くした後、「子どもは楽しい生涯を生きたんだろうか」、「私に落ち度はなかったんだろうか」と悩み続ける。それを支えながら、一年を大体のめどにしてみていく。もちろん一年では立ち直れないんですが。たとえばお姉ちゃんが亡くなって、その後に弟が生まれた家族のクリスマスカードは、お父さん、お母さん、亡くなったお姉ちゃん、弟の連名で出すんですね。

辻：亡くなった子どもの名前を宛名に入れるの?

高橋：その女の子のことを忘れないためにそうするんです。でも、それは本当はよくない。なぜなら弟がいつも姉の陰になってしまうから。弟は自分は二番目なんだと、本当に愛されてたのはお姉ちゃんなんだと思いこんでしまう恐れがある。

辻　：そうか。

高橋：なのでいつかはお姉ちゃんの名前を消さなきゃいけない。それが最終的なケアの段階になるんです。その家族たちが生き直すのは、クリスマスカードからお姉ちゃんの名前を消すときなんですね。

辻　：つらいですね。

考察――子どもホスピスのような世界とは

高橋：ぼくが仲よくなったベアトリスちゃんという、『不思議の国のアリス』（ルイス・キャロル）に出てくる、アリスみたいにかわいい子がいました。四歳で、遺伝性の病気をもっていて、歩けないし、お腹と背中の筋肉もほとんどないから、ペタンと倒れてしまう。お父さんが仕事を辞めて二四時間介護をしているんです。お母さんは仕事をしています。高価な車椅子も彼女の成長に合わせて替えなきゃいけない。一台五〇〇万円くらいする。それも寄付で集めてるんですね。彼女が、「私、死んだらどうなるの?」ってお父さんに聞いたことがあるそうです。

辻　：お父さんはなんと?

高橋：「どうなると思う？」って聞き返したら、彼女は「お姫様になる」って。お父さんは、「きみがそう思うんだったらそうじゃない」って。彼女もそれ以降は質問してこない。

辻　：親もすごい。

高橋：まったくそうです。親たちは深い悲哀に打ちひしがれそうになりながら、インタビューにはきちんと答えてくれました。「なんで答えていただけるんですか」って聞いたら、「この子がいたことを知ってもらいたい。この子が生きていたことを覚えていてもらいたいから」とおっしゃった。知識人や芸術家ではないけど、重みのある深い言葉できちんと話してくれる。

そうそう、一一歳くらいの遺伝的病気の女の子が、自分のことを話したいと言ってきたんです。キャットちゃんといって、「大人がハッピーなら子どももハッピーなんだから、ハッピーにしてなきゃだめよ」って言われた。「心配してもしかたないんだから」って。

辻　：病気の子どもに励まされたんですね。

高橋：そうなんです。逆に励まされました。マーティン・ハウスは、とてもいい感じの空間なんですよ。一言でいうとおだやか。つねに死はとなりにあるんだけれども、みんなにこやかで、そこにいると安らげる。ケアの主任はこうおっしゃってました。「私も死ぬのが怖くなくなりました」と。

大阪の淀川キリスト教病院は、日本で最初の子どもホスピスを開設したばかりなんですけれど、その責任者もまったく同じことをおっしゃってました。そして二人とも、「世界中がこのホスピスみたいな場所だったらいいのに」と。

辻　：世界がホスピスのような場所になるって、どういうイメージなんでしょう？

高橋：それは、真ん中に病気で亡くなる子どもたちがいて、周りに親や兄弟、子どもを亡くした親、それからスタッフの人たちがいて、すごくゆっくりと時間が流れている。残りの寿命がほとんどない子も、病気でほとんど身動きできない子も、愛おしく楽しい時間をその人たちといっしょにすごしている。みんなはその子の聡明さを知り、その子たちは大きなギフトを残して逝く。取りみだしたりさわいだりする子はほとんどいない。ある意味、悠揚《ゆうよう》として、死を受け入れて去っていく。

子どもが亡くなったときのケアの話も聞きました。そのお母さんは、ちょっと離れていたときに子どもが亡くなって、病室にもどったら、「ちょっと座ってください」と言われて、まずあったかい紅茶が一杯出された。「お子さんは亡くなりました」と告げられ、遺体がどう変化するかの話がつづいたそうです。「それは怖いことではありません、みんなそうなっていくのです。自然のプロセスなので、怖がらないでください」。そして、お母さんは自分で子どもの体を洗って、拭いて、服を着せて、車椅子に乗せて庭を散歩させる。そうして納得いくまで亡くなった子どもとの時間を過ごす。

辻　：散歩するというのは、すばらしいですね。

高橋：そう、車椅子を押して、亡くなった子どもと散歩する。友だちがやってきて、亡くなった子のベッドのそばで時間を過ごすこともOKです。さっきも言ったように、子どもを亡くした親が命日に来て、特別挨拶もしないで、庭の椅子に座っていることもある。そういう時間も多分必要なんでしょうね。施設の性質上、子どもたちが死んでいく場所なんだけれども、親たちが回復していく場所であるとい

マーティン・ハウス　音楽セラピーの時間

動物セラピーの時間
真ん中の女の子がベアトリスちゃん、左にいるのがキャットちゃん

う性格が強い。生き残った人間がもう一回生き直すことに徹底的に対応している。

子どもたちにとっては善き死を迎える場所で、いかに残りの時間を充実して生きていくかという施設だし、親がいかに生き直していくことができるかということにも心砕いている。たしかに、その場所の真ん中に「死」はあるんですが、すごい生命力を感じるし、ここにいると元気をもらえるんです。

辻：ぼくは、高橋さんのマーティン・ハウス訪問のルポルタージュをテレビで観たんですが、スタッフや親の言葉はどれも考え抜かれ、磨かれた言葉なんだけども、注意深く何かを避けているような感じはしないんですね。つまりタブーがない、というか、タブーから自由だと思った。

そういえば、ボランティアで動物を連れてくる人がいましたよね。

高橋：動物セラピーの方ですね。もともと学校の先生だったんですが、学校を辞めて、捨てられた動物を拾って育てていた。それで、マーティン・ハウスのほうから来てくれませんかって言われて、アニマルセラピーをするようになった。

辻：動物たちがいっさい乱暴なことを子どもたちにしない、というのに驚きました。やっぱり究極の「弱さ」みたいなものを動物たちは感じとれるんですね。

高橋：感じるみたいですよ。まったくこわがらないしね。

辻：自分のほうが強くても、やさしく相手の「弱さ」に寄り添う。動物はすごいですね。

高橋：だから死んでいく子どもっていうのは最弱の存在でありながら、周りを変える力があるんです。真ん中にいる子どもたちに、みんなはやさしい視線を注いでいる。そして、みんな物静かで、多分ずっと考えてるんです、いろんなことを。そして、不思議なことに微笑みを絶やさない。やはり、これも院長がおっしゃった言葉ですが、子どもはみんなブライト（聡明）なんだ、と。そして、そのブライトネス（聡明さ）を周囲が受け継いでいく。つまり、そこにいる人たちもブライトになっていく。たとえば、ユーモラスになったり、人の気持ちをいっそう思いやるようになったり。

辻：一番弱い存在の子どもが、周囲をそういうふうに変えていくわけですね。

高橋：死んでいく子どもの前では、大声でどなったり、自己中心的なことを言ったり、聞きかじりのことをしゃべったり、くだらないうわさ話なんて、恥ずかしくてできないでしょう。

辻：そうか、礼儀とか品格とか言われなくても自然にそういう態度になるんですね。

高橋：そういう力がそこかしこにあり、元をたどればそれは、子どもたちが発してるものだとわかる。そこに存在しているだけで強い影響力を発することができるんですね。だって寝たきりでしゃべれない子どもも多いんですよ。にもかかわらず、ポジティブな力を親だけじゃなく、周りに及ぼしていく。すごいことですよね。

辻：まったくです。

高橋：家族や社会から隔離して治療しているだけでは、そういった力は出てこないと思うんです。死後、時には五年、一〇年、一五年と、ある意味親を縛ってしまう。いや、縛るということじゃないな。悲しい思い出ではあれ、そこに自分の子ども、一人の人間との強い関係があって、いつもそこにもどれるようなものとしてある。あるいはその子どものことを考える時に、気持ちが静まる。言ってみれば、彼のことを考えるだけで、ある種のブライトネスに達してしまうような経験なんです。もしかしたら親たちは、普通に生きていてはたどりつけないようなところまで行ってるんだと思う。思考の海底を歩むような力がついている。子どもを亡くすのはとても辛い経験だけれども、そのことが親の人生をものすごく豊かなものにしたのだと思いましたね。

辻：なるほど、高橋さんがさっき言っていた、この社会の弱点は強者に向けて設計されている、ってことの真逆ですよね。一番弱いところに向けて設計した施設。すると、世の中全体がこうなればいいなというような、すてきな空間が生まれる。

高橋：そこでは、深く考え、深く感じることが起こるんですよね。つまり、治療もできない子どもたちとの時間、残り少ない時間を過ごすには、時間をどう使ったらよいかを深く考えさせてくれる。

辻：「どうせ死ぬのになぜ生きなければいけないのか」という、シンプルで深い問いにホスピス全体がひとつになって答えを出そうとしている感じですね。

フィールドワークその3　精神病院が真ん中にある町

辻：さて、ここでぼくからは、オランダの町エルメローの話をしたいです。アムステルダムから電車で三〇分くらい。人口三万弱の小さな町です。この町の中心に駅があって、駅を降りるともうそこが、フェルトワイクと呼ばれる大きな精神科病院の入り口。病院には門も塀もなくて、いつのまにか敷地に入って、いつ出たのかもわからないくらい。緑豊かな公園みたいな美しい場所だから、誰もが自由に散歩したり自転車で通ったりしている。そして、病院の周りに家を建てて、一般の人々が住んでいる。歴史をたどってみると、どうもこの街は、精神病院のまわりに形成されてきたらしいんです。

高橋：精神病院城下町みたいですね（笑）。逆転の発想だ。

辻：精神科病院だけじゃなく、知的障がい者や身体障がい者のための施設、青少年更生施設、視覚障がい者の学校などがせいぞろいしている。福祉はエルメローの経済の柱でもあるんです。人口二万八〇〇〇の半数が障がい者だという。でもその中心にあるのは、やはり精神科病院。一三五年前、資産家フェルトワイク氏の寄付によって設立され、二〇世紀はじめには、同胞がかかえる問題を自分たち自身で対処したいという市民の思いによって、「閉じ込める病院」から、「外へと開かれた病院」への転換を果たした。現在、職員はパートタイムも含めて約一〇〇〇人、患者は約七〇〇人。

ぼくの友人の友人である利恵子さんという女性が長年ここに住んで、モンテッソーリ教育の先生として働いている。夫のクライネンさんはフェルトワイクで長くソーシャルワーカーとして働いていた人です。利恵子さんといっしょに町中を自転車で回ったんですが、なかなか住み良さそうないい雰囲気の町なんです。不思議な心地よさを感じました。実際、この町はとても人気があって、多くの人が住みたがるんだそうです。とくに夏はこの地域にキャンプに来る人が多く、観光収入も多いという。駅の前に瀟洒《しょうしゃ》な商店街があって、障がい者の働く店、作業所、アトリエなどがある。もちろん、フェルトワイクの職員や患者も大勢歩いています。

そこにあるカフェ「デ・オントムティング（出会い）」も、従業員のほとんどが障がい者でした。窓に大きな文字が掛かっていて、それはアインシュタインの言葉で、「困難の中にはいつも可能性がある」という意味なんだって。それぞれのテーブルの上には指の形をしたサインが置いてあって、何か注文があるときはこれを上向きに立てる。サインに気づいたら店員が来てくれる。

高橋：コミュニケーションのとり方がちゃんと工夫されているんだ。

辻：市議会議員でもあるクライネンさんが「今晩議会があるから見にこない？」って誘ってくれるから行ってみました。カフェでコーヒー飲みながら、ガラス越しに議会を見られるんです。

高橋：それはいいな。

辻：日本みたいに議員がみんなフルタイムで、高い給料をもらっているというのは異常なことなんだと、つくづく思いましたよ。クライネン家に泊めてもらったんだけど、庭に出て気がついた。その庭は境界を示す目印もなく、そのままフェルトワイクの敷地へと続いている。他の多くの家と同様、この家も精神科病院と同じ地平に立っている。もっと言えば、それとちゃんと向き合うことを選んでいるかのようなんです。町の中心に病院が置かれたのではなく、病院の周りに町が形成されたわけですが、さっきの高橋さんの言い方を借りれば、エルメローは、障がいのある人たちを中心にして町を作ったらどうなるのかという実験でしょ。真ん中にある「弱さ」に向き合って、自らのアイデンティティをつくっていく。そこにこそコミュニティというものの本来の姿があるような気がするんです。

そしてもう一つおもしろいことに、この町はヨーロッパで有数のグリーンな、つまりエコな町とし

フェルトワイク精神科病院

カフェ「デ・オントムティング」
注文する時は手のオブジェを立てる

て知られている。だから観光客も多い。

高橋：木も多い？

辻　：ええ、住みやすい街ができていく過程で、自然にそうなっていったんでしょうね。ある人が計画を立てて、それを具体化したらこうなった、というのではなく、経済、福祉、教育、環境など、いろいろなことが並行して起こっていった。そういうホリスティックな仕方で、町ができてきたからこそ、そこに不思議な心地よさが生まれたんじゃないか。今まで強者に向けてつくってきたシステムだと、多くの人が不幸せだったり、絶望したりしていて、落ちこぼれた人たちが周縁に吹きだまったりしていくでしょう。その一方に金持ちや権力者たちが住む区域があって、と。

高橋：みんな強者のシステムはまずい、ってことはわかってるんだけれども、オルタナティブな、対抗案がなかなか思いつかない。だからぼくは、「弱さを中心にした共同体ってすごくいいよ」と話しまくってます（笑）。こういうふうに、実際に成功してる例があるんですからね。

考察──「弱さ」による逆統合

辻　：エルメローの場合、町が精神科病院を統合したのではなく、病院が町を統合する。健常者の方が障がい者の側に統合される。いわば、強さが弱さを統合するんじゃなくて、弱さが強さを統合する。数年前にエルメローを訪問した「べてるの家」の向谷地さんは、これを「逆統合」と呼びました。

「弱さ」を真ん中にした組織論は、我々が今まで知っていた組織論の逆ですね。そして、ぼくの印象では、世界中にこうした新しい組織論がだんだん出てきて、実践されはじめている。それに呼応するように、思想の世界でも、上から下へと階層的に支配するような形とは全く違う原理が注目されはじめているのではないか。それはかつて人類があちこちにつくっていた、支配・被支配の関係を避けたり、拒んだりするようなコミュニティの原理とも深い関わりがあるのではないかと思うんです。

高橋：「弱さ」を中心とした共同体は、僕も二年余りのフィールドワークで感じたんですが、共通点がありますね。ひとつは、そもそも最初から明確な方法論があって始めたわけじゃないということです。現実があまりに過酷で、社会がそれに対応しきれてないから、現場の人たちのやむにやまれぬ思いが緊急避難的に作った場所であるわけです。そして、やっているうちに、「ここはなんか世間とは違う原理になっているよね」と気づいた。

たとえば反社会運動のように、外からこの社会と違う原理を持ちこむと、最初に原理があってそれをもとに組織を作ることになる。でも、ぼくが見てきたところは、現状を変えようとやっているうちに、自然と中心に弱い者がいたということなんです。だから結果として見つけられた方法論。気づきが後で来る。これはすごくおもしろいでしょう?

辻　：とても重要なポイントですね。

高橋：参加している人たちが、自分たちは何をやってるのか気づいたときから、加速するんです。みんなで試行錯誤して、組織形態や方法を見つけていく。その気づきの構造っていうのが注目点です。

辻　鷲田清一（一九四九年生まれ、哲学者。臨床哲学・倫理学）さんが指摘していることがここで参考になると思います。西洋語由来の「プロ」という、「前に」を意味する接頭辞がついている一連の言葉が現代世界のキーワードになっている。プロジェクト＝前に投げる、プロフィット＝前方につくる、プロスペクト＝前を見る、プログラム＝先に書く、プロダクション＝前に引き出す、プログレス＝前に進む……。鷲田さんが言うには、「要するに、すべてが前傾姿勢になっている。あるいは先取り的になっている。そして先に設定した目標のほうから現在なすべきことを規定するというかたちになっている」（『「待つ」ということ』角川選書より）。

もともと「前へ投げる」を意味する「プロジェクト」は、「未来を先取りする」という感じがわかりやすいですね。ぼくは世界の途上国と呼ばれるところに行って、環境活動のお手伝いをしてきたわけですが、外から活動家が出入りするような場所に暮らす人たちが最初に覚える英語のひとつが「プロジェクト」なんです。で、出会いがしらのあいさつが「こんにちは」じゃなくて、「あんたのプロジェクトなに？」みたいなことになる。プロジェクトに関われば、自分もおこぼれにあずかれるのでは、という切ない言葉なんです。外から開発プロジェクトを持ちこむ者と現地人という、上下関係ができあがっているわけです。プロジェクトという言葉に内包された時間感覚とか、功利主義とかが、上下関係の組織論と、密接に関係している。

人間が目的意識を持ち、その目的に向かっての筋道、手段を立てていくという能力が、他の動物たちに比べての優越性であり、ひとつの強さだってぼくたちはずっと考えてきたわけだけど、そのこと自体がかかえこんでいるあやうさについては、古代から警鐘を鳴らす思想家もいたわけです。そのあやうさが今再びクローズアップされるようになっているのかなと感じます。その意味で、高橋さんが指摘した新しい組織というのは、プロジェクトとして未来を先取りして始めるようなものじゃなくて、生きている「今、ここ」から起こっていく。そしてその軌跡が後からストーリーとして見えてくる。

高橋：ひとつの例として「エレマン・プレザン」のストーリーをさせてください。

フィールドワークその4　アトリエ・エレマン・プレザン

高橋：現代美術家の佐藤肇さん・敬子さんという画家夫婦が、三〇年ほど前から世田谷で子ども向けの絵画教室をしていました。ある時、大変ショッキングなことに気づいた。子どもたちが変わってきている。どういうふうにかというと、「この絵を描いたら何点くれる？」と言う子がでてきた。あと、「何分で描けばいいですか？」とかね。以前は「絵を描きなさい」って言ったら、みんな「わーい」って描いてたのが、先に質問がくるようになった。それも一人や二人じゃない。どうも、小学校や幼稚園の入試で絵を描かせるようで、そういう子たち向けの絵画教室ができたけれど、そこへいくような子どもたちが自分たちの教室にも来ているらしい。

二人は、こんなことが起こるようになった都会ではもう絵を教えられないと、志摩半島に移った。移る直前に教室にダウン症の子が来たそうです。その子と話して絵を描かせたらすごくおもしろかった、という体験をするんです。

二人は志摩半島に、「アトリエ・エレマン・プレザン」を作り、子どもたちを教えはじめました。すると都会とはちがって、ハンバーガーを食べないで秋刀魚《さんま》を生で食べたりしてるから、小っちゃい子も秋刀魚の腹の苦みがわかる（笑）。そういう実感のある子どもは絵を描かせると違うそうです。

そこにある時、ダウン症の子どもの親が、「うちの子どもに教えてください」とやってきた。佐藤さんは、東京でもこういう子がいたなあと思いだして、OKします。すると、何人か通ってくるようになった。そこで佐藤さんは驚愕《きょうがく》するんです。ダウン症の子の描く絵はすばらしい！　とね。ダウン症の子たちの絵には独特の美しさがあったんです。

アール・ブリュットの展覧会などは前から開かれていて、精神障がい者を中心とした、今までの芸術の枠の外にいる人たちの作品に注目することは始まっていました。アウトサイダー・アートなどとも呼ばれて、世界的な潮流になっていますね（フランス人画家ジャン・デュビュッフェがつくったフランス語「アール・ブリュット（Art Brut「生〈なま〉の芸術」）」を、イギリス人著述家・ロジャー・カーディナルが「アウトサイダー・アート」と訳し替えた）。

でも、それらの絵は全体的に暗い印象がある。精神に障がいがある人が描いたものが多いからかもしれません。でも、ダウン症の子たちは全く正反対で、極端に肯定的な絵を描くんですね。佐藤さんは驚愕して、「この肯定性はいったいどこから来るんだろう」と思った。まず色使いがすごい。それに、ダウン症の子はほとんど例外なく、みんないい絵を描く。だからこの症状の中にひとつの芸術的な傾向があるのかもしれない、と佐藤さんは考え、ダウン症の子どもたちに教えるようになるんです。

絵を描く

そして、じっと見つめる
アトリエ・エレマン・プレザン　横木安良夫：撮影

その後、ダウン症の子たちとつきあっていくうちに、佐藤さん夫婦はいくつかの特徴を知るようになります。ダウン症の子たちは二〇歳くらいから急速に老化して、普通の人より早く亡くなります。ある意味、成人後の成長がものすごく早い。佐藤さんは「生き急いでいる人たちなんじゃないだろうか」と考えるようになるんです。またものすごく繊細で、恫喝《どうかつ》とか威嚇《いかく》にものすごく弱い。なにか言われるとまったくしゃべれなくなったりする。また、「こういう絵を描きなさい」って言われるとダメ。なにか言われるとおびえて縮こまってしまうから、全面的に自由を確保してやらないとなにもできない。でも、そういった状態を整えさえすれば、発揮する能力はものすごい。

でも、やっていてひとつ問題がでてきた。幼いときから一〇年以上通っている子どもたちは、大人になっていく。これはハンディキャップのある人たちのための、あらゆる公共の施設がそうなんですけれど、ある年齢まで通うと卒業しなければならない。そこから先を受け入れる施設がないんです。二〇歳すぎたらどこへいったらいいかわからない、という例がたくさんあります。佐藤さんたちも、それから佐藤さんの東京アトリエを継いだ、娘のよし子さんとパートナーの佐久間さんも、芸術的才能が花開いた子どもたちが大人になると手放さなければならなくなる。しかも、彼らを怯えさせる社会にもどらせたら、かならず悪化する。ぜんぜん話さない子どもも、エレマン・プレザンで自由にやっていると、しゃべれるようになるんです。でも、外に行くとまた話せなくなる。そのくり返しなんですね。そこでどうしたかというと、結局、彼らのための町を作るしかないという結論になった。

辻 ‥アトリエが育って町になる!

高橋：その名も「ダウンズタウン・プロジェクト」（笑）。ダウン症の子たちが住む町です。

辻：見事なダジャレです。

高橋：ダウン症の子たちを中心にしてひとつの町を作る、という構想ができ、つくる場所が決まって、今はこれから施設を作っていくという段階に入っているそうです。最終的に一つの新しい町構想ができあがってしまったんですね。ダウン症の子たちが働ける場所、彼らが作った絵を飾る美術館、彼らが通える施設が真ん中にあって、それを中心に町を作っていく。これがエレマン・プレザンが三〇年かかってたどりついた結論なんです。

この例を見てもわかるように、全く知らない世界へ足を踏みいれていった人たちが、ひとつの新しい原理に行きついてしまうんです。「弱さ」を中心にした場所づくりに。そしてここは芸術を中心にした町でもあるんですよ。ある意味、資本主義っていう大きなフィルターの中では、芸術っていうのは弱者ですからね（笑）。

辻：芸術は本来は、非生産的で非経済的だから。

高橋：そう、現代美術とか現代音楽とか、ほとんど弱者そのもの。

辻：無駄と見なされるものは皆、外へと追いやられる。

高橋：今、削られているのはそういったものに関わる費用ですよね。

辻：遊びもアートも、いわゆる経済効率や社会価値の観点から無駄だと思われている。でも、無駄や「弱さ」は人間の本質的な部分ですからね。それらを中心に据えて、そこから社会を考えていくとどうなるか、という問いをエレマン・プレザンも提起している。

高橋：ぼくたちは、弱者は守られる存在だと思いこんでいるけど、エレマン・プレザンにボランティアで行った芸大の学生は、「わたしたちの絵よりずっといい」って打ちのめされる（笑）。

辻　：それは大きな気づきだ。

高橋：かわいそうな子たちを助けてあげようと思って行って、打ちのめされて帰ってくる。これがいわゆる健常者の側に与える影響で、とても大きいんです。疑い深い専門家は、「だれかが手伝って絵を描いているんじゃないですか？」とか聞く（笑）。

辻　：ありそうなことだ。

高橋：それと、すごいのは絵を描き終える時。絵画で一番難しいのはどこで終わらせるかの判断だそうですが、ダウン症の子どもたちはある時点にくると、あっさり「はい、おしまい」と言うそうです。

辻　：迷いがない（笑）。

高橋：そう、終わりがわかっている。美の感覚がすごく明確なんです。もしかしたらぼくたちも持っていて、美術教育とか、美術史の中で忘れてしまったものを彼らは体の奥底に持っているのかもしれない。
　あと、独特な色づかいをするんですね。色を選ぶときも、普通の人は手が止まるんです。でも彼らは止まらない、一瞬も。もうほとんど頭の中で絵ができているようにも思える。だから、もしかしてぼくたちが考えている表現とか、絵を描くっていうことと、ダウン症の人たちが絵を描くのとはちょっと違うのかもしれない。それは、ぼくたちが今までやってきた表現への大きな反省になるかもしれないんですね。ぼくたちは芸術に関して言えば頭でっかちでしょう？　アール・ブリュットもアウトサイダー・アートも、ダウン症の子どもも、そもそも知的なところとは全く違うところからの発想。だから、ダウン症の子どもたちが真ん中にいると、いろんな意味での気づきをもらえるんです。

もう一方で、ダウン症の子どもは裏表がなくて、ぼくらの人間観そのものをぐらつかせるような、透明なやさしさみたいなものをみんなもっている。すごくユーモラスだったりする。そして共通点は全く悪意がないこと。これはある面でいくと、知的に劣っているのかもしれない。というのは、悪意や作為はある種の徹底した思考にもつながっていくものだからです。でも、もしかすると神様が人間から悪意を取り除いてみたらどうなるか、という実験をしたのではないかとも思ってしまう。だって、悪意がないってことはこんなに晴れやかなことなんだ、って気づかされるんですよ、彼らといると。

エレマン・プレザンは、「障がい」とか「無垢」、「悪意がない」、「芸術」、「子ども」、そういう多少ニュアンスの違うものを中心に置いてやってきたら、最終的に町をつくるところまで行ってしまった。これも示唆的だなあと思いました。

辻：町づくりまで行きついてしまった、というところが大事ですね。それに比べて、なんと行政主導の町づくりや地域づくりが、ありとあらゆる「計画」をかかえこみ、それに縛られて硬直しているか。今もどんどんつくられている道路なんか、多くが半世紀も前のいわゆる「計画道路」です。その間にすべてが変化して、その計画を立てた人たちの多くがもう死んでいるかもしれないのに。

フィールドワークその5　宅老所「井戸端げんき」

辻　：ぼくは宅老所について報告したいと思います。高橋さんも、福岡の宅老所「よりあい」に行きましたよね。ぼくは、木更津にある「井戸端介護」というグループがやっている「井戸端げんき」という宅老所を訪ねました。この宅老所は代表の伊藤英樹さんが二〇〇二年に開設したものですが、以来現在までに、四カ所でデイサービスや共同住居を運営するようになっている。

その第一の特徴は、あの独特の雑然とした感じ。とにかく、利用者とスタッフの間に明確な境界線が引かれていないんですね。ホームページにもこうある。利用者、スタッフ、ボランティアが、「共に活動し、楽しさを分かち合えるような介護関係を目指している」。だから、制服やエプロンは着用しない。外の人にとっていっそうわかりにくいのは、「利用者」と呼ばれている高齢者、常勤とパートからなるスタッフの他にも、「メンバー」と呼ばれる利用者ともスタッフともつかない一群の人々がいて、さらにそのそれぞれの家族も頻繁《ひんぱん》に出入りしている。部屋の真ん中に主人みたいな顔でドーンと座っている人はだれかと思ったら、ただの「メンバー」だったりする。

そんなふうだから、予想もできないことがしょっちゅう起こるわけ。伊藤さんによれば、「要するに、なんでもあり」なんだと。こちらから、こうだという形を押しつけない。「その都度、形を変えながらやっていくのが井戸端」なんだ、と。実際、ホームページの「事業概況」には、「年齢、障がいの有無といったことに制限はなく、また、介護保険適用外の方も積極的に受け入れる」と記されている。伊藤さんの言葉に「他に行き場がない、というのはここに来る良い理由だ」というのがあってね、なんとすごい言葉だろう、と思うんです。ここに伊藤さんの思想と実践の心髄が示されている。

伊藤さんは、スタッフでも利用者でも行き場を失っている人たちを優先的に引き受ける。通常の介護が難しい認知症のお年寄りはもちろんのこと、統合失調症、失語症などの障がいをもつ者、さまざまな悩みをかかえたり、心に傷を負った人たち、仕事に追われてうつ病になった元サラリーマンや、看護師……。利用者とスタッフの区別を越えたごちゃまぜの人間関係のなかで、それぞれが役割を見出して、「その人らしさ」を取りもどしていく。言わば、社会に居場所のない人たちが自分たちで居場所を創造していった。その様子が、いくつかの宅老所を扱ったドキュメンタリー映画『ただいま〜それぞれの居場所』(監督・大宮浩一)にも描かれています。

『奇跡の宅老所「井戸端げんき」物語』(伊藤英樹、講談社)という本に詳しく書いてあるんですが、現在の「井戸端げんき」にいたるストーリーの元をたどると、そこにはじつにおもしろい出会いがいくつもある。まず伊藤さんは、大学で福祉を学ぶ学生だった時に、脳性マヒの遠藤滋さんが住む、世田谷の「えんとこ」と呼ばれる場所に出入りするようになる。「えんとこ」は「遠藤さんの居る所」「遠藤さんと縁のある所」という意味だという。遠藤さんはその頃にはもう、自分で身体を起こすことも、尿をとることも、食事をすることもできない。そもそも障がい者のひとり暮らしが、「わがまま」として社会から非難されてしまうような状況の中で、遠藤さんは自分が決めたライフスタイルを貫くために、いろんな方法でボランティアを募る。「いのちを活かし合いませんか」って。人がやって来ることを、言わば「命がけで待っている」わけで、人を選ぶ余裕なんかない。そのせいか、来る人はじつにさまざまだったようで、伊藤さんに言わせると、「悩みで身動きがとれなくなってしまった人、精神科に通いながら社会復帰のリハビリとして来る人、何をしているかわからない人、引き出しからお金を持っていく人、たえがたいほど不潔な人……」というわけで、社会に居場所をもてないでいる人が多かった。「ここに来たら、とにかくやることがあるよ」というわけだけど、これがすごい人気で、二〇年間に「えんとこ」に来た若者の数は一〇〇〇人以上だというんです。

伊藤さん自身、社会に適応できないで居場所がないと感じていたけど、「えんとこ」に行ってみると、なにか腑に落ちた。「人に迷惑をかけることは、すばらしいことなんだ。それが人と人をつなぐんだから」というのが遠藤さんの考えで、みんなこの哲学に触れて「自分の弱さを肯定できるようになる」。これが、後の「宅老所」づくりに大きな影響を及ぼしたと、伊藤さんは言っています。

そこで思いだすのは、ベッド式車椅子を通りがかりの人に押してもらいながら旅を続けた、重度の身体障がい者、宇都宮辰範さんのことです。『スロー・イズ・ビューティフル』（平凡社ライブラリー）で書いたことがあるんだけど、この人はちょっとした振動で骨が折れちゃう骨形成不全なんです。で、その人が旅をするんですよ。車付きの特別のベッドがあって、お母さんが手押し車式のベッドに乗っている彼を家の前に出し、「行ってらっしゃい」と家に入ってしまう。すると宇都宮さんは、そこでじっと人が来るのを待つ。人が通りかかると「すみませーん」って声かけて、「どこまで行くんですか？」

と訊く。「駅です」という返事があれば、「すみませんが、ちょっと押していってくれませんか」とたのんで、駅まで押してもらう。別れぎわにお礼を言い、前にぶら下がっているノートに、「よかったら」と記名を頼む。これが宇都宮さんにとっては、旅の記録であり、アルバムだったたんですね。

押した人が「この後どこまで行くんですか。そこまでいきますよ」って言うと、宇都宮さんは丁重に断るんです。それを遠慮だと思ってなお協力を申し出る人には、こんなふうに言ったそうです。「いえいえ、これはぼく、遠慮で言ってるんではありません。……また同じ方向の人に声をかけて手伝ってもらいます。そうしたほうが、ぼくはひとりでも多くの人に出会うことができるから。ここまで助けていただいたんだから、それでけっこうです」。彼はこのやり方のことを、「キャッチボール式歩行法」と呼んでいたそうで、これによって全国を旅して「歩いた」わけ。

高橋：すごいですね（笑）。

辻：この方はもう亡くなってるんですけど、あのノートが彼にとってはひとつの表現だったたんだなと思うんです。自分が出会った人とのつながり、縁がずうっと記録されてるわけ。このつながりこそが、縁の積み重ねこそが自分の人生なんだと、彼は感じながら、旅をしていたんだろうな。

話がそれましたが、伊藤さんは「えんとこ」から始まって、「富山型」、あるいは「万能型福祉」と伊藤さんが呼ぶことになる介護のあり方に行きつくんです。とくに感銘を受けたのが、富山の元日赤看護師の惣万《そうまん》佳代子さんと同僚二人が立ち上げた、「地域共生ケア」を理念とする宅幼老所「このゆびとーまれ」や、それに刺激を受けて阪井由佳子さんという若いシングルマザーが始めた「デイケアハウス・にぎやか」。どちらも今では、「富山型」デイサービスとして、全国にその名を知られていま す。でも、最初にその存在を伊藤さんが知った時にはかなりの衝撃だったらしい。年寄りも障がい者も子どもも、分け隔てなく預かるのが「富山型」。いろいろな人がごちゃごちゃといられる居場所を作りたい、という思いを前から抱いていた伊藤さんは、「これだ」と確信をもった。

宅老所で子どもと老人の両方を預かるようになると、高齢者と子どもがいっしょに遊びはじめて、どちらからも笑い声が出はじめる。老人は子どもの世話をすることで元気になるし、子どもは老人に甘えたり。やがて、知的あるいは身体の障がいを持った大人や子どもも、やってくるようになった。健常児が障がいをもった子どもの世話をしたり、認知症の高齢者が子どもと遊んだり、自分で食事ができない高齢者に子どもがスプーンで食べさせたり。

これは、多くの人にとっても目から鱗で、こういう場所を「宅老所」と呼ぶようになります。これは法律的な用語じゃない。上から、計画的に作るという組織論じゃない。まさに下から、草の根から、試行錯誤で形を作り、臨機応変に組み替えていくわけです。宅老所が、制度にとらわれない、制限に縛られない自由なスタンスを編みだしていくと、公共のデイケアも刺激を受けて、どこまでがリミットかというふうに探りながら、だんだんに宅老所型になっていく例がたくさん出てきているそうです。そのパイオニアのひとつが「井戸端げんき」だと思ってます。

高橋：限界を探りながら、っていいですよね。

辻　：伊藤さんは、ある人と出会うと、その人が本当に行きづまるまでは声はかけないで待つんだそうです。

宅老所井戸端げんきの入口「Welcome to the 井戸端 Jungle」

スタッフも利用者も訪問客もいっしょの昼食

で、限界にきてるなと思うところで、「うちに来ない？」って誘う（笑）。施設を利用する人だけ、つまり「利用者さん」だけじゃなくって、スタッフもそうなんです。あるスタッフは、子どもを三人かかえて仕事もなくて、このままじゃ心中するしかないっていうところまできていた。「井戸端げんき」の求人をみてやってきて、面接受けながら、赤ちゃんのおむつをかえた。ああ、これで落ちるだろうなと思いながら。でも伊藤さんは反対に、「この人にはここしかない」と感じて、採用したそうです。だから、スタッフも利用者とほとんど壁がない。さっき高橋さんが話していたように、究極の「弱さ」と「弱さ」が結びつく。

スタッフと話していて感動したのは、みんな「看取り」にもしっかり向き合うという構えがあること。つまり、老いと死が切れていて、老いる場所と死ぬ場所が別でいいのか、という問いです。

そういえば、ホスピスにもいくつか行ったんですが、たとえば、堂園メディカルハウスという鹿児島にあるホスピスをもつ病院があります。「ハウス」と呼んでいることに、医師の堂園さんたちの考えが表れている。老いは病気でなく自然のプロセスなのだから、死を迎えるのもできるなら「家」か、それに準ずる場所でありたいという。病院の隣に、堂園さんたちが建てた「ＮＡＧＡＹＡ　ＴＯＷＥＲ」があります。昔の長屋の良さをもった共同住宅型マンション。その理念は、「孫がいないおじいちゃん・おばあちゃんと、おじいちゃん・おばあちゃんがいない子ども」がいっしょに暮らせる場所。

高橋：長屋みたいなつくりなんですか？

辻　：長屋的に生きている。ある種のプライバシーはあるんですけど、ドアを開けると共通スペースがあって、集まれる広間があるんですね。お風呂や調理場はシェアしながら生活するという形にデザインされてる。そこのマネージャーをやってるのは、一年間マザーテレサの「死を待つ人々の家」にいた若い女性で、とてもいきいきと働いていて好印象をもちました。ぼくは感心して「偉いね」って声をかけそうになったけど、その言葉は好きじゃないんで、「偉いね、ってよく言われるんじゃない？」と訊いた（笑）。そしたら彼女は、「ええ、早くそう言われないようになりたいです」って答えた。

高橋：偉い（笑）。

辻　：福祉の世界では、ある意味、マザーテレサのところに一年いたらエリートなわけですよね。でも、その女性はとても謙虚だった。ぼくたちの世代になかなかいなかった種類の人々が育っているのかも、と思えたし、また、そこにいるだけで謙虚になれる場所、っていうのがあるんじゃないか、とも。

高橋：謙虚でいられる場所か、いいですね。

辻　：ちなみに、伊藤英樹さんや、その仲間のスタッフの人たちにも同じ質問をしてみたんです。「偉いな、って言われるでしょ？」。彼は「うーん」ってしばらく黙ってから、「それは悲しい言葉ですよね」って。ちょっとできすぎでしょ、この答え（笑）。だから、若いスタッフにも聞いてみた。「たまには偉いって言われたいでしょ？」とか。すると「そりゃないな」ってみんなきっぱり言う。「だって、私たちここのじいちゃん、ばあちゃんとか、子どもとかに、いつも助けられてばっかりだから」とか、「私たちも、ここのおかげで居場所をもらってるわけだから」って。

高橋：「偉い」って言葉は、そこの辞書にはない？（笑）

辻　：ほめられなくてもいばらなくてもいい場所。なんて居心地がいいんだろう、と思いました。

高橋：介護っていうのは典型的だと思うけど、弱者のための施設でも、弱者が前面に出ていないところはたくさんあると思う。それにはいろいろな理由があると思うんだけど、日本の普通の考え方では、弱い人を預けて、お金を出して世話してもらう。家族は苦労から離れることができて、施設の人たちはお金をもらって面倒を見る。でも、これがうまくいってないっていうことが現場に行くとわかります。「井戸端げんき」は違うんですね。

フィールドワークその6　「でら〜と」「らぽ〜と」

高橋：つぎに、生活介護事業所「でら〜と」と「らぽ〜と」について話をさせてください。

ここは、静岡県富士市にある重症心身障がい児の施設で、身体と精神の両方に障がいがある、複合障がい者のための施設なんです。子どもが重症心身障がい児であるということは、本当に親が大変です。生まれてきたときにまずものすごいショックを受ける。もちろん施設は国で定めてはいるんですが、数も少ないし、預けたらあまり自由がきかないから預けっぱなしになってしまいます。

「でら〜と」が始まったのが二〇年前くらいかな。あるお母さんが重症心身障がい児の子どもをかかえて、仕事もできないので県に相談した。親はもちろん子どもの世話が大変だから預けようとするんだけれど、親には子どもの面倒を見なきゃいけないっていう社会のプレッシャーがある。この国では子どもの面倒は親が見ろ、という考えが根強いし、実際にそうなっている。家族が面倒をみるのを国は手助けをするから、かわりにお金を出しなさいってね。でもそれじゃ、親は働けない。仕事があっても思うようにできない。もっと言うと、そういった障がい児を持った親は自己実現をする可能性を奪われる。それは親にとっても子どもにとってもよくない。親は親で自分の生を生きる権利や希望がある、しかも子どもにもそうしてほしい。となると、それは自分で施設を作るしかないということになったそうです。同じようなお母さんが集まって、県へ申請をくり返し、お金を集め、「でら〜と」ができたんです。

辻：ここも、やむにやまれないところから始まったわけですね。

高橋：そうです。そこで従来の重症心身障がい児の施設をいくつか見たら、どの施設でもマニュアルがあって、朝何時に起きたらご飯は何時、食べる時間は三〇分以内とか決まっている。とにかくスケジュールをこなしていくようにプログラムされていて、食欲がない人も、食べたくない人にも食べさせる。食べる力がない子には、どろどろに溶かして口に流しこむ。そんなやり方がいやで新しい施設をつくったわけですね。

共感してくれるスタッフを集めて、まず、子どもとコミュニケーションをとることを優先した。何をしたいか子どもに聞くんです。これは大変なことなんですね。だって重症心身障がい者だから、ほとんどコミュニケーションができない。でもなんとかスタッフはやってしまう。「今日はゴロンとしていたいな」とか、「風にあたりたいな」とか、一人ひとりが望んでいることを感知するんです。

辻　：感知か。それはすばらしい。

高橋：アンテナをはっているんですね。こういう弱者の共同体に共通しているのは、スタッフの感受能力の高さです。外の社会に生きていると、そういうアンテナがひっこんでしまっているか、ぼけてるんです。でもこういう所のスタッフは、みんな異常に感覚がいい。弱者の声は耳をそばだてないと聞けないから、五感の上に六感も働かせる。弱者が奏でている微細な音楽に聞き入る。そんなふうにコミュニケーションをとっているのが特徴ですね。

辻　：弱者の声は微細な音楽か。

高橋：基本的にはデイケアなので、朝来て子どもを預けると、その間は親が働けます。お母さんとお父さんでレストランを始めたという家族もいる。そして、同時に子どもにも自立を促していくんです。個別の対応をすることで、少しずつ自分で動けるようにしていく。そのことで親も動けるようになる。だから各人が自立していくという考え方が、ここの指針になっています。

辻　：それは大切なことですね。

高橋：先ほど話したように、多くの公共施設は二〇歳になると出ていかなければならない。「でら～と」に続いて「らぽ～と」をつくった後に彼らがつくったのは、二〇歳を過ぎた心身障がい者の自立施設です。これもすごいんですよ。重症心身障がい者の自立施設って、ありえないでしょ？　身体は動かないし、ＩＱ20とかいう段階の人たちが大半なんですから。普通だったらどうやって面倒みるかという発想しか生まれないですが、ここではどうやって自立するかを考える。もちろんスタッフが介添えしないと

詩作に挑戦（でら〜と）

散歩の途中で（らぽ〜と）
ドキュメンタリー映画「普通に生きる」より、マザーバード提供

動くことさえできないんですが、親と離れて自分で暮らすことを最終的に目指すんです。だから、施設収容型ではなくて、どんなに重度の病気や障がいを持っている人でも最終的には自立する。そのために周りで彼らを支える態勢をどれだけ作れるのか、っていうのが重要なんですね。

障がいのある二人の子どもを持ったご夫婦がいるんですが、最初に生まれた子どもが重度の心身障がいを持っていて、次のお子さんもそうだった。これは偶然で、ある意味不運としか言いようがない。「大変ですね」なんていうのも失礼なくらい、困難な状況なんです。お子さんが大きくなって、二人とも年とってきて、おんぶして運ぶのも大変。思いきって「お子さんのこと、どういうふうに思いますか?」って聞いたら、「この子たちが生まれてきてくれて本当によかった」と。「普通に生きて健常な生活をしていると、どれだけ傲慢《ごうまん》になっていたことか。彼らがいたおかげで傲慢にならずにすんだ」って、両親は話されていました。これはほかの親たちにも共通しています。

「でら〜と」の卒園式はお父さんが出てくることが多くて、そこで挨拶をします。あるお父さんは、「生まれてきた時は正直言って、こんな子は生まれなければよかったのにと思いました。でも今は生まれてきてくれて、本当にうれしい。残念なのはコミュニケーションがほとんどとれないので、この子の考えていることがわからないことです。でも、それでもよかった」と、実感のこもった言葉で話されていました。父親って一般的に頭が固いでしょ。でもここではお父さんも含めて家族が社会に立ち向かっている。子どもはその中で成長していく。

考察――「弱さ」と多様性

辻　：もう一度「井戸端げんき」に話を戻しますね。というのは、宅老所に代表されるような新しい介護のあり方が全国に広がってきていて、それがひとつのムーブメントという様相を呈しているからで、この現象が意味しているものが何かをもう少し考えておく必要があるのでは、と。それらに共通している大事なことは、ひとつは「多様性」だと思うんです。いろんな「弱さ」を持ってる人たちが集まっているという多様性。病院とか、普通の施設の発想だと、当事者が抱えている困難ごとに分けて収容して別々に対応する。そのほうが効率的ですからね。でも、宅老所では徹底して多様性のほうへ寄っていっているように見える。

そこで考えてみると、そもそも多様性そのものがじつは「弱さ」ではないか。多様であるってことは非効率ですからね。効率性を重んじる現代社会から見ると、多様であることは弱いことなんです。だから、多様なものが一堂に会することはあまりないんですが、実際に集まるとどうなるか。これがおもしろいんですが、この人全然役に立たないじゃない、って普通思われてるような人たちがいろんな役割を演じはじめるわけです。たとえば、「井戸端げんき」のあるおじいちゃんは、昔ラーメン屋さんで、車椅子で生活するようになってから、まるで拗《す》ねたように世間に対して傍若無人《ぼうじゃくぶじん》な振るまいをしていた。車が通ってる大通りの真ん中を車椅子で走って、文句を言われると杖で人をたたく。

高橋：そういうおじいちゃんっていますよね。

辻：こういう人はたいがいどこかに収容されちゃうんだけど、この人は収容するところがないと行政が困りはてて、伊藤さんのところに頼みこんできた。

高橋：それが理由で。

辻：そう(笑)。行政の人が「なんとかならないですかね」と連れてきて、伊藤さんも「そういう人はこまるな」と思ったけど、「でも居場所がないならここにいる理由があるよな」と思い直して引き受けた。そこでどうしたらよいか考えて、若者たちがちょうど店を出そうという時だったんで、「若い連中が店出すんだけど、じいちゃん、昔ラーメン屋やってたでしょ。ちょっと手伝ってやってくんないかな?」ってたのんでみた。すると、「しょうがねーなあ」って引き受けて、若者たちを引き連れて、車椅子で挨拶回りをはじめたそうです。近所をまわると、みんなすごく喜ぶわけですよ。

「あのじいちゃんがなんかまともになってきた」って(笑)。それでも、おじいちゃんは「井戸端げんき」には来たくない。面倒見るのは好きだけど、面倒見られるのがきらいなんですね。

高橋：それもわかる。

辻：だから「若い者の面倒見てくんない?」ってたのめば、「おし!」って来るわけ。実際は、面倒見られてるんだけど、本人からすれば面倒見てる(笑)。

高橋：つながったわけだ(笑)。

辻：これって、多様性のある場所だから可能なんだと思う。井戸端げんきの入口にはね、〈Welcome to

the 井戸端 Jungle〉って大きく書いてあるんですよ。「井戸端ジャングルにようこそ！」って。「ジャングル」っていうのは森林、つまり多様性がその本質でしょ。ここには、まるでジャングルみたいにいろんな人たちがいる。異文化がワーッと集まっている感じ。

高橋：それはすてきだ（笑）。

辻　：自己紹介してもらっても、なんだかわけがわからない人もいる。テーブルの一番いい席に座って、テレビで高校野球を見ている。飯が出れば、それを食う。ほかになにかしているふうでもない。それとなく何をする人かと訊いたら、「この障子を見てごらん、きれいだろ」。たしかにきれいに貼ってある。で、「ここの連中はすぐにぶっこわすんだよ。でもこわれたら、おれがすぐに直すんだ」。

高橋：そのためにいたんだ（笑）。

辻　：そう。通常は「弱さ」のカテゴリー化をなにかの観点に立ってやっているわけだけども、その基準をとっぱらってしまうと、全然違う世界が見えてくる。その人たちそれぞれの存在理由とか、あるいは生きがいとかが出てくる。さっきのおじいちゃんのように、基本的に「助けられる」のがいやで、「助けたい」と思ってる。もちろん、実際には助けたり、助けられたりなんだけど、「助けられる」ってことにものすごい警戒感をもっている。それはなぜだろうと考えると、助けられるのは「支配される」ことにつながるという直感があるから。自分が上下関係の下に位置するようになると、それがいつか固定され、管理され、支配されるようになる。それを彼は警戒しているわけです。

高橋：よくわかります。

辻：これは人類学者のグレーバー（デヴィッド・グレーバー、アナーキスト人類学を提唱。著書に『アナーキスト人類学のための断章』以文社など）も言っていることですね。たとえばグレーバーは、「利他」というものが、じつはとても用心深く、時には狡猾《こうかつ》なものだと言うわけ。「利他」が良くて、「利己」が悪いといった単純な二元論では、現実は全く見えないんだ、と。多くの伝統社会には、人に「助けられる」ことで上下関係がつくられ、それが支配／被支配の関係となること、そして自分の自由が奪われることに対する警戒心が人々の中にある、と。グレーバーはそれを〈debt〉つまり、「負債」という一言にまとめて理解しようとしている。その観点で見ると、ぼくら一人ひとりの関係も、ある意味負債で成りたっていると考えられる。ぼくがだれかに親切にする、そうすると相手はある種の負い目というか、「借り」の意識をもって、なんらかのお返しをする。親切にされっぱなしだと相手のほうが偉い、という上下の関係が固定される恐れがあるわけです。

では、親切にしたり、されたり、ものをあげたり、もらったり、貸したり、返したりしなければいいのか、というとそんなことは全くない。おもしろいのは、グレーバーが紹介しているアフリカの社会では、何かをもらったり、何かを借りたりした時、その「借り」を返すときには、同等のものを返してはいけないと考えられている。借りたものに比べて、お返しはより少ないか、より多いか、でなければいけない。同じ価値のものを返してしまったら、貸し借りがなくなって、そこで関係が終わってしまうから。少なすぎるか、多すぎるかのお返しをして関係を、つながりを維持する。自分というものはこれら無数の貸し借りからなる網の目の一つのような存在であって、貸し借りがないということは関係がない、すなわち自分が存在しないのと同じだ、という一種の世界観なんですね。

だから、負債が悪いのでない。それどころか、負債こそが自分の存在の意味だとさえ言える。しかし、というか、だからこそ、というか、その貸し借りの関係が一方的で、固定的であってはいけない。相互に、交互に、バランスをとりながら、依存し合うようなあり方を、バランスを失わないように注意深く維持していく。それが本来の負債であり、社会というものの成り立ちを可能にしていた原理なのではないか、とグレーバーは考えているようです。すると、その知恵は同時に、支配／被支配の関係を社会の中に生み出さない、あるいは、それに抵抗するメカニズムともなりうる。これを彼はアナキズムの原理だと考え、国家といった巨大な権力とは無縁なところに存在してきた多くの未開社会、伝統社会の中に、それを見ようとするわけです。

一方、現代世界もまた負債で成り立ってるわけですよね。しかし、これはまた伝統社会の貸し借りとは似ても似つかないような異様なものに見える。つまり、人々が銀行に預けたお金を、銀行はまた貸しして、大きな利子を儲けている。これを「信用創造」という。現在の世界の経済を動かしている通貨のほとんどは、そういうとんでもない特権を与えられた民間銀行がつくっているわけです。そしてこの仕組みというのは、負債を通じて、支配／非支配の関係を拡大再生産し続ける。

「井戸端げんき」って、その意味じゃ、現代社会のただ中に突然現れた未開社会みたい。そういう言い方をしても、伊藤さんはじめみんな、いやがらないばかりか、喜んでくれそうだから言うんだけど。あの元ラーメン屋の迷惑じいさんも、助けられるだけではなく、助ける関係があってはじめて居場所ができた。なんとかそうやって、助けられるだけの存在にならずにやっていけたわけだし、そのことをよく理解する人々がうまく折り合いをつけながら、それなりにフェアな関係を維持していっしょに生きていく方向を探ったわけです。ジャングルとはよく言ったもので、南米の先住民みたいな、人間のコミュニティの原点みたいなものがあそこにはあるんじゃないかな。

高橋：先住民か！

辻　：伊藤さんのような人が、それにどうやって気づいたのかわからないけど、やはりやっているうちに後から理論が追いかけてきたんじゃないかな。それもかなりいい理論が。

高橋：ふしぎにそうなるんですね。

辻　：もうひとつ、「死」についてなんですが、さっきも紹介した映画『ただいま～それぞれの居場所』にもでてくるんですが、たとえば病院では「老いは施設でお願いします」、施設では「死は病院でお願いします」というふうに、いわば分業している。でも、宅老所ではこれを「おかしい」と考えはじめるわけです。いや、最初からそう考えていたんだろうな。年寄りがだんだん弱って、やがて死を迎えるのはわかってることですからね。病院で治療を受けて「ただいま」と帰ってくる。さて、ではその後はどうするんだということで、「看取ろう」と覚悟を決める。しかも、看取っていく段階で家に帰れない人もいるから、「泊まり場」を作っちゃう。行政的にはこれはまずいわけです。けれど、そういうふうに少しずつ法を破っていく、いや、法を向こう側にじりじりと押していくわけですね。

高橋：やはり必要に迫られるところから開けていく。

辻　：もうひとつ、おもしろい特徴がある。井戸端のスタッフは、すべてのおじいちゃんおばあちゃんを平等に扱うのは無理だって言うんです。

高橋：え？　不平等ってこと？

辻　：一般の介護の施設って、変な平等主義があるでしょ。でも、伊藤さんは「そんなの無理だ」って言い切ってしまう。だって、好きなじいちゃんもいれば、苦手なばあちゃんもいるのが普通なんだからって。そうしたら、引きこもってた子とか、障がいのある若者なんかが、「おれ、このじいちゃんのファン」「私はこの人」とかいって、それぞれにくっついて面倒をみる。そうして、心の通う関係を育てながら、看取りまでいってしまうわけです。

高橋：それはすごい経験になるなあ。

辻　：その人の死が自分のことになってくるわけですからね。家族もそれを見て刺激を受けて、前よりも頻繁に来るようになって、休みの日はほかの老人の面倒も見たりする。スタッフやっちゃうわけ。家族もだんだん巻きこまれて、家族とスタッフの区別もつかなくなる。時々けんかみたいになったりもするんだって。「おいおい、これはうちのじいさんだよ」、「いや、おれのじいちゃんだよ」って（笑）。

高橋：じいちゃんのとりっこ（笑）。

辻　：今、井戸端げんきは四軒あるんです。所長が加藤正裕さんで、映画の中では主人公的な人物なんだけど、スタッフの女性と結婚した。「井戸端」で行われた結婚式のシーンが映画に出てくるんです。その彼が最近、フェイスブックでぼくに書いてきた言葉があるんで、ちょっと紹介しますね。

「ありのままの老いの側にいっしょにいることは、作物が育ち、枯れ、大地に種をちりばめ、次につなげることに似ていると思っています。本当に豊かな時間がここにはあります。老いて枯れること、カミさんの出産、両方に立ち会って感じたことは、両方ともとても似ているということ。逝きそうな方の手を握り、『そばにいるよ』と声をかけ、カミさんの手を握りながら、『ここにいるよ』と声をかけ……。最期の息を吐いた時と、産声を上げる時の空気。逝った方と産まれた赤子に最初にかけた言葉は『ありがとう』。両方ともうれし泣きでした」。

看取ることと、新しい命が生まれてくることとが、切れずにひと連なりになっている。しかも、それが循環の中にあることとさえ感じられる。これも、まさにジャングルなんです。そういう意味の多様性が育まれる場が、「井戸端げんき」をはじめとして、日本の各地、いや世界中に今生まれている。とすればこれはすごいことだと思いますね。伊藤さんも大きな影響を受けた三好春樹（一九五〇年生まれ、広島県生まれの介護、リハビリテーション〈理学療法士〉の専門家。生活とリハビリ研究所代表）さんの言葉を使えば、「権力をとらない革命運動」ということになるでしょうか。

考察――非管理的であるということ

高橋：今の話をきいていて、これまでの場所と同じ特徴を発見しました。それは「非管理的」であることです。この社会の特徴は、「管理」の強化という一語に集約できるとも言えませんか？　それは「支配」にも「効率」につながるわけです。分業による工場は一番効率的で、そのためには完全な管理下に置かれる。代表的なのが軍隊ですね、軍隊こそ完全な管理体制で、軍隊の組織を真似たのが工場なんです。軍隊→工場→学校になるんです。

辻：なるほど、だから学校が管理的になるわけだ。

高橋：今の学校は軍隊の組織に非常に近い、まさに管理が強化されているでしょう？　これが社会全体に広がってきている。

辻：恐ろしいことですね。

高橋：確かに効率はいい。軍隊には、敵の殲滅《せんめつ》とか、敵を殺すとか、ある意味非常にシンプルでわかりやすい目標があって、そのためになにをするか、ということに特化する。どの出身地でどんな名前の人も、同じ制服を着せて同じような呼び方をする。つまり多様性を消失させるんです。軍隊を脱走したら銃殺です。なんでそこまでやるのかと言うと、完全な管理は恐怖と抑圧がなかったらできないからなんです。

今の社会は管理社会と言われるけど、近代国家ができて、最初に軍隊を作って、それからずっと続いていることの果てが今だと思う。だから管理ってことがあまりにも当たり前になっていて、その恐ろしさがすでに脳内にない。大学ですらすごい管理教育になっているのに、教師や生徒は管理されているとあまり思ってない。その意識のなさのほうが怖いですね。

辻：まったくですね。

高橋：大学だけじゃない、家族だって変わってしまった。家族にはいい面と悪い面があります。家族共同体に封建的な性質が残っていて、家父長的な成分があったから、すごく管理的な部分もあった。けれども同時に大家族制度の中では一種の多様性があった。まず、みんな家で生まれて、家で死んでいったわけです。また大家族の中だと、よく知らない人がいたりした（笑）。結婚しない七番目のおばさんとか、遊びあるいている五番目のおじさんとか、ずっと部屋に引きこもってる三番目のお姉さんとかね。ぼくの父方の実家は、おばあちゃんが九人兄弟で、子どもも九人、家族は全部で三〇人くらいいて、子どもたちに全員女中がついていた。座敷牢もありましたから（笑）。

辻：うわ、それはすごい。

高橋：少なくとも「家」は、外の社会とは別の独自の歴史を持った社会を形成していた。

辻：それ自体の中に多様性があった。

高橋：だから社会が管理を要求するようになると、今まで家でやっていたものを外注するようになる。生まれるのは病院、死ぬのも病院で、死んだあとはお寺に丸投げする。障がい者がいたら障がい者施設、教育は学校と。全部外へ出してしまったから、家にはなにも残っていない。

辻：その一つひとつがGDPを押し上げていくわけだからね。

高橋：そうなんですよ、四人家族が四つの部屋に分かれて四台テレビ持ってれば、四倍売れる。全員が集まってテレビ一台にしたら、困るでしょ？

辻：困る、経済が（笑）。一九六八年にロバート・ケネディが言っていたことですね。離婚が増えるとGDPがあがるからいいと考えてしまうようなシステムは狂っているんじゃないのって。

高橋：核家族こそ管理社会、消費社会の理想ですよね。ところが、少なくとも管理的なものに抵抗する形で疑似家族的なものが出現してます。これはやっぱり社会の記憶だと思います。近隣共同体、村落共同体、家族共同体が、まだ記憶の中にビルトインされていて、場所作りをするとそういうものにだんだんなっていくんだろうな、と思う。そこに加えて社会が持っていた財産、共同体の記憶っていうのは、どこからどこまでが家族かわからない形でずーっと広がってきてる。

辻：同感ですね。「井戸端げんき」があるのは木更津なんですけど、伊藤さんがどうしてもぼくに見せたいと連れていってくれたのが、「みづき会」っていう、かなり大規模な障がい者施設なんです。知的障がいの人が主で、身体障がい者もいるけど、なんといってもスタッフがかなりのパーセンテージで精神障がい者なんです。ここで働いて限界にぶつかると、ふっと井戸端げんきのほうに移行したり、また戻ってきたり、行き来できるようになっている。

それともう一つ、連れていってもらったのは「NPO法人コミュニティワークス」っていう地域作業所みたいなところ。フェアトレードショップと小さな工場があって、別のところに作業所もある。この前までみづき会で働いてた人がここで働いてるよ、とか、井戸端げんきに移ったよ、とか、自由に移動している。これこそまさに草の根のネットワークですよね。でも、表面の社会、つまり主流社会からはまったく見えない。見えないんだけどここにはかなりの規模の動きが、そして経済交流も含めた動きがある。それぞれの人たちが家族や友人を持っているし、スタッフも加わるから、みづき会は二〇〇〜三〇〇人の規模なんです。木更津は房総スカイラインができるっていうんで、それを見こんで土地バブルが起こったけれど、その後急激に落ちこんで、商店街は典型的なシャッター街になってしまった。そこに「井戸端げんき」はあるんです。

浦河もそうですよ。夕張の次は浦河だ、と言われてたんだけど、「べてるの家」が大きくなって、家族がたずねてくる、スタッフが集まる、世界中から注目されて人が集まるようになってしまった。まさに「べてる効果」で町に元気が出てくる。家族が応援のために出したお金で、街の空き家を買って広がっていく。まさに「障がいを真ん中にした町」状態になりつつある。

高橋：すごいことになってますね。

辻　：べてる人気を最初はいやがっていた町の人たちも、そうか、こうやって町が元気になっていけばいいじゃないか、というふうに変わってきたという。これはさっきのエルメローとは逆なんですけど、最初は片隅にあったものが、だんだん中心に出てきている。

高橋：育っていったんですね。

辻　：「エルメロー化」した(笑)。木更津もどうやらそうなりそうな予感がします。というのは、ある種の感性を持った若者たちは、主流社会の中ではとても生きづらいんだけど、ここはおれの居場所だとか、私はここが居心地がいい、という感覚を頼りにどんどん移動しているからです。大学の先生からは、「あいつの間にかいなくなっちゃったよ」とか思われている(笑)。でも、実際はそういうところに行って、生きがいのある生き方を見つけているのかもしれないんです。

フィールドワークその7　きのくに子どもの村学園

高橋：大学にいると見えないことがたくさんありますね。ぼくが今もっとも関心があるのは教育問題なので、つぎは、「きのくに子どもの村学園」について話したいんです。さっきも言った管理の問題で、軍隊→工場→学校という構図があるんですが、今、学校はとてもひどい状態です。すべて基本が軍隊ですから、推して知るべしとしても、それにどうやって抵抗していくかというなかで、教育が一番遅れている。それは、親の側に抵抗があるからだと思うんです。

辻：そう、きっとそこがネックなんだな。

高橋：ほかのことだと親もわりと理解を示すんだけど、自分の子どもはとりあえずちゃんとした学校に入れたいという思いがものすごく強いんですね。どんなにこの社会が変わるべきだと思っている親でも、「子どもは東大入れます」みたいな（笑）。じつは、昨日、うちの子どもたちを二人とも、山梨県南アルプス市にある「南アルプス子どもの村」っていう、「きのくに」の関東版の学校に入れました。寮生活をはじめたんです。そうしたら、いきなりクラフトワークをやるって、山へ木材を拾いに行っちゃいましたよ、マイクロバスで（笑）。

辻：親のことはふりむかない。

高橋：ええ。ぼくは「きのくに」のことをずいぶん調べて、学園長の堀真一郎さんにも会ったんです。「きのくに」は「まず子どもを幸福にしよう。すべてはそのあとにつづく」という教育の理想を掲げた学校で、子どもたちの自己決定権をなにより重んじています。

下の息子は少し障がいが残っていて、学校の勉強についていくのがやっとで、あまり成績も良くなかったんです。で、ちょっと休んだ時、学校へ行って、彼の机の中の物を持っていこうとしたら、ぼくが手にしたテスト用紙をちらっと見た同級生の女の子が、「しんちゃんは二〇点だ」と、言った。その言い方が冷たくて、ぼくはすごく悲しかった。「私は九〇点よ」みたいな雰囲気を小学校二年生くらいでもう漂わせている。そういう点数主義が感受性の中に入りこんでいる。こんな世界に子どもを置いてはいけない、って思いました。

辻：たしかに親も含めてマヒしている。いい点数をとればそれだけで気分が高揚してしまう。

高橋：ぼくも小学生の時そういうことが当然だとも思っていたけれど、今のほうが管理だってずっと厳しい。とくに先生の管理が厳しくなって大変そうです。東京都では、先生は仕事用のパソコンを家に持って帰れないと聞きました。学校のロッカーに入れて鍵かけて帰るっていうんで、どれだけ不自由なんだと思いました。先生が管理されて楽しくなければ、生徒だって楽しくないでしょう。

「きのくに」はできて二〇年くらいなんですけれど、いわゆる自由教育には世界中でいろんな潮流がありますね。日本にもたくさんありましたが、ここではニイルという人のやり方を基本的には踏襲しています（アレクサンダー・サザーランド・ニイル、一八八三年〜一九七三年、イギリスの新教育運動の教育家。エディンバラ大学に学び、一九二三年に創立した南イングランドのサマーヒル・スクールは「世界で一番自由な学校」として知られる。「子どもを学校に合わすのではなく、学校を子どもに合わせる」という言葉は有名。彼の著作集を邦訳したのが堀真一郎である）。

この学校には学年がない、試験がない。よって成績表もない。先生を先生と呼ばれないでファーストネームで呼ぶ。

辻：ファーストネームというと?

高橋：タケちゃんとか。要するに愛称ですね。堀さんはホリじいとか、校長先生はカトちゃんとか。子どもは「先生」にため口をきいてます。学校の規則を決めるのは全校ミーティングで、小一から小六までの子どもと先生が、いや、先生っていわない。「おとな」って呼ぶんですが、「ホリさん」とか一人ひとりの大人が同等に、全員が一票もっている。そこで決まったことには従わざるを得ない。この学校は、要するに民主主義の実験という側面と、完全に平等であるということを制度的に保証するということの上に成り立っているんです。

辻：へえ、壮大な実験だ。

高橋：問題はカリキュラムですよね。学校に興味を持った親がする質問は全員が同じで、「理想はすばらしい。でも、学力はどうなるんですか?」だそうです。堀さんは笑いながら「中学校もあるんですよ」。「中学校を卒業したらどうなるんです?」。「普通の高校に行きます」。普通の高校に行った子たちの成績を調べたら、だいたい二〇〇人中二〇位くらいには入っているんです。生まれて初めて試験を受けて簡単でびっくりしたっていう子もいる(笑)。

辻：それはすごいな。

高橋：カリキュラムと言っても、算数、国語、理科、社会という科目はなくて、半分近くは「プロジェクト」という名の実践授業。辻さんがきらいな言葉ですけど（笑）。たとえば木工、クラフトワークだと、一年かけてレストランを作ったりする。和歌山のきのくにには、生徒が作ったレストランが実際に営業しています。料理して食べるクラスもある。それから演劇を一から作るクラスとか。これを一年間、小一から小六までやる。先生は基本的にアドバイスするだけで教えない。それとは別にいわゆる授業みたいなものもあります。でも、ここが大切なところで、たとえば算数だったら「1+1=2」みたいなことはやらない。意味がないから。

それぞれ、クラフトワークのクラスにしろ、おいしいものを作るクラスにしろ、演劇をやるクラスにしろ、どうしても算数や国語が必要なときがくる。数を数えるとか、切る時に測るとか、それを元に算数をやる。そういうメインのプロジェクトを支えるために算数や国語があるという考え方なんです。これはジョン・デューイ（一八五九年〜一九五二年、アメリカの哲学者、教育哲学者、社会思想家。プラグマティズムを代表する思想家）の考え方なんですが、プラグマティック（実用主義、実際主義、行為主義）にやっている。

現代の教育現場では単なる言葉になってしまった「自主性」を、「興味」から「好奇心」から引き出すという方法でやっている。だから教科書がない。テキストはすべて先生の手作りなんです。たとえばクラフトワークだと、一年生から六年生まで三〇人ぐらいいるんですが、そこに先生が二人いる。たとえば算数をやりますとなったら、三つのグループに分かれて、一、二年生と、三、四年生、五、六年生になったりするけど、それも流動的で、あまり算数の得意じゃない子は一、二年生のところでやってるし、得意な子は五、六年生に入ったり、適宜入れかわっている。

電気釜よりこっちのほうが楽しいや

さあ、手を休めないで、練って、練って!!
きのくに子どもの村学園　柏田芳敬：撮影

大変なのは先生です。ずっと生徒を見てなきゃいけないから。彼らが何を考え、何を欲して、何が必要かってことを見ている。でも、先生にインタビューしたら、元々公立か私立の先生をやっていて移ってきた人が多くて、「大変だけど毎日が楽しい」とか、「楽しくて、気がついたら一日が終わっていることがある」というんです。子どもと遊んでるようにも見えますね。

辻：先生が楽しいっていうのはなによりですね。

高橋：運動場に二階建ての骨組みだけの木の建物が建ってるんですが、気がついたら子どもたちが勝手に作ってたそうです（笑）。そして、布団を持ちこんでそこで寝てるらしい。

辻：いいなあ。

高橋：基本的によっぽど問題がないかぎり何も言わずに、自由にやらせるんです。「子どもの能力を信頼する」ことにつきると思うんですね。そういう教育を受けた子は、それでも最後まではここにいずに、最終的には外に出ていかなきゃならない。

辻：出ていったら外の世界に幻滅しないの？

高橋：中学だったり高校に入ってみると、「びっくりした、みんな子どもっぽすぎる」って感じるそうです（笑）。「トイレにいっしょに行くんだよ」とか。

辻：それはまともだ（笑）。

高橋：さっきも言ったように、「試験を受けたことがなかったからどうしようと思ったけど、簡単でびっくりした。だっておぼえればいいいんだもん」とかね（笑）。けっこうみんな外の「ふつう」の学校に適応して、コロンビア大学に入った子までいます。意識的に社会に適合するぎりぎりの教育をしているのだと思う。

もう一つ重要なのは、「きのくに」が文科省の認可を受けている正式の学校であることです。そうでないと、高校や大学を受けるときに不利になるからです。どのように認可をもらったかというと、カリキュラムの読み換えをして、プロジェクトの中身を算数の一部とか、国語の一部とかにした。だから文科省が認めた一条校なんです。

辻：同じ文科省認可の学校でも中身はずいぶん違いますね。

高橋：そう。特徴を一言でいうと「ゆるい」(笑)。授業中に教室から出てきて、寝っころがってマンガ読んでる子がいる。「どうしたの？」って聞くと、「後でもどるよ」って。

そもそも普通、学校って、やっていることに意味があってもなくても、四十五分間座ってなきゃいけないところでしょ。授業中、静かに座っていることが重要(笑)。ニューヨークのある教師が書いた本を先月読んだんです。『バカをつくる学校』(ジョン・テイラー・ガット、成甲書房)。著者はニューヨーク州最優秀教師賞を二回取った公立高校の先生だけど、「自分の経験から言って、通常の義務教育を受けていると人間は一〇〇％バカになる」と書いている。

辻：一〇〇％ですか？

高橋：そう。学校の教育にはほとんど意味はない。小中の九年間で習ったことで覚えてることはほとんどないだろう、と。ぼくらは意味がなくて、どうせ忘れることを時間をかけて覚える。究極の無駄をする。

それなら昼寝でもしてたほうがまだましだ、って（笑）。でも、なぜ意味がないことを知っていてやめないのかというと、順番をつけるためのテストが必要だということと、どんなに意味がないことでも座っていられるという能力をつけるため。

辻：うわあ。

高橋：丸一日意味のないことを聞く、どうせ頭に入らないことを覚えるってすごいでしょ。まともな人間ならいやになる。だから、まともじゃなくするための、一種の矯正教育なんです。中身が無いことにどれだけ耐えられるか。自分で言ってて悲しくなってくる。

辻：聞いているだけでも悲しい（笑）。

高橋：義務教育っていうのは、軍隊と同時に生まれました。農民が人口の大半だった頃、産業革命が起こって工場労働者を作らなきゃいけないという必要でつくったものだからです。工場労働者は時間通りに働かなければならない。農民はそうではないでしょう？　朝日が昇って日が沈むまで働くとか。そういう自然時間ではなくて、社会的時間に生きる工場労働者を作るのに学校教育が役立った。

これには異論もあるけど、ぼくはその側面が強いと思います。社会が管理社会になってもぼくたちが鈍感なのは、学校教育を受けているからです。管理されることに感覚が鈍くなっている。さっきも言ったように、意味のないことを忍耐強く、逆らわないで素早くこなすことがすばらしいという考えが、ぼくたちには植えつけられている。見張られているからやるのではなくて、ぼくたち自身が「無意味さに耐えることに価値がある」と思いこまされるのが管理教育の原点なんです。それを受け入れた時に、管理社会で生きられるある種の感性ができるんだと思う。一つひとつ問題をあげて、「それはおかしい」「管理しすぎだ」と声は上がってくるけど、「なぜ学校が管理されているのか」とは聞かないでしょう。そこまで言うと、この管理社会の中で生きていかれないから。

辻：「きのくに」の教育と「弱さ」の関連についてはどうでしょう。

高橋：中心に子どもを置いている、ということだと思います。先生ではない。このことは、子どもの多様性を確保するためでもあるんです。子どもの多様性を中心において、学校教育を作り上げていること。

親は管理教育を受けてきたから、「たしかにすばらしい教育理念だけど、学力は?」とか、「卒業したらどうなりますか?」とか、心配して抵抗しますけどね。これが障がい児や老人、ホスピスでは、親も極限状態に立つから気づきの可能性が大きいんですけど、普通の親は管理社会にどっぷりつかっているから、なかなか変われないんだな(笑)。

考察――「あの戦争」と「この戦争」

辻：教育のことで、無意味さに耐えることが教育なんじゃないかってところに、ぼくは引っかかるんです。たしかにそういう側面はあるけれど、一方で、教育は「洗脳」という側面も非常に強くもっている。高橋さんが朝日新聞の論壇時評で「知らない世代こそが希望だ」(二〇一三年八月三〇日)と書かれてましたが、ちょっと違和感があったんですよ。古市憲寿(一九八五年生まれ。世界中の戦争博物館を訪ね歩き『誰も戦争を教えてくれなかった』講談社刊、を書いた)さんの

「無知こそが希望だ」という言葉ですが、そこにすっと行ってしまうことには危うさがあるなと。

高橋：あの問題で言うと、ぼくもすっとは行ってないんですよ。「無知こそが希望だ」というのは古市くんの考え方で、古市くんもそう単純化はしてないと思うんですが、論壇時評は短い枚数なのでね。

辻：彼も戦争遺跡などを歩いているらしいけど、一方でアイドルの話を聞いて、その無知に示された「弱さ」を弁護するような話し方をする。ぼくはそこに危うさを感じるんです。じゃあ、彼自身はだれなのか。彼は知の側に身を置く人間ですよね。その人間が無知に希望があると言ってる。マスコミがそういう新しい言い方をはやし立てるのはしかたないとしても、それは「弱さ」違いでしょう。そして今、多くの若者たちが単に無意味に耐えているんじゃなくて、この社会の仕組みの中で徹底的に洗脳されて、権力やメディアによってがんじがらめにされている側面をしっかり見なければいけないんじゃないかと思う。その点で「古市は、日本人の戦争に関する記憶をたどり、ついに『戦争を知らなくていい』という結論にたどり着く」と高橋さんが書いたのはどうなんだろうと思った。

ジョン・ダワーの『敗北を抱きしめて』(岩波書店)がありますが、この「敗北を抱きしめる」っていうのは、たしかに一見古市さんが言っていることと似ているようでありながら、じつは次元が違うと思うんです。戦後ワーッとでてきたいろんなエネルギーを自分は抱きしめたい、とダワーは言うわけですが、そのエネルギーとはいったいなんだろう？　それは現代の大衆文化の表層にあるものたちとは次元が違うんじゃないのか？　戦争の後に表れてきたものっていうのは、一種の「身体知」だと思うんですね。身体を通して感覚されたり、表現されたり、考え直されたりしたものが沸々と出てきた。鶴見さんが「敗北力」と呼んだ、「国破れて山河あり」的なエコロジカルなエネルギーもあったと思うんです。そういうエネルギーを自分は否定することができない、むしろそれを〈ＥＭＢＲＡＣＥ〉、抱きしめたいんだ、とダワーは言ったんだと思うんです。

高橋：「身体知」は非常に優れた考え方ですよね。

辻　：「知」っていうのは「力」、「強さ」でもありますね。そして「無知」は「弱さ」でもある。だから「弱さとしての無知」っていうのも、ぼくたちの「弱さ」の研究のテーマとして考えないといけないとは思うんだけど、それだけに安易にそういうことを言いたくないし、言ってほしくない。

高橋：戦後生まれてきた「身体知」と言えば、戦後文学もそうでした。いろんな芸術作品が肉体性を帯びて、それが一種の熱を生んで、ぼくもそういうものを読んで育ってきました。それに比べると、今の子どもたちはある種の身体感覚が乏しい。「草食系」っていう言い方をしてますけど、身体感覚が乏しい代わりに繊細で、ぼくたちとはちがうなあ、と感じます。

「一九八五年」をキーワードにしたんですが、劇団「マームとジプシー」の藤田貴大（今日マチ子のひめゆり学徒隊をモデルにしたマンガ「cocoon」を芝居にした）さんも八五年生まれで、他にも何人かいるんですが、申し合わせたように戦争小説を書くんですね。同じ八五年生まれの今村友紀くんも『クリスタル・ヴァリーに降りそそぐ灰』（河出書房新社）という戦争小説でデビューして、二〇一三年の文芸賞をとったんです。ぼくは選考委員でした。内容は、どこかわからないところで戦争が起こって、じつは今も戦争に巻きこまれていて、そこでは、既成のどんな論理や倫理も役にたたない、というファンタジーなんですけどね。なぜ、同じ年代の人たちが経験のない戦争小説を書いているのか。その戦争っていうのは前の戦争、第二次世界大戦でもあるようだし、抽象的な戦争でもあるようだし、三・一一以降、日常的な生活の中にある危険なものを「戦争」って言っていたかもしれない。

辻：不思議ですよね。

高橋：彼らのセンサーに引っかかってきたのは、自分は戦後四〇年たって生まれてきたけど、今また戦争が起こってるという認識じゃないかなと思うんです。彼らは、前の戦争とはなんの関わりもないわけだけど、今、その戦争と似たものを感じている……。藤田さんも、描いているのは第二次世界大戦の沖縄のひめゆり学徒の話なんだけれど、自分の周りになんだか見えない戦争があって、それに巻きこまれているという感覚があるんです。それを一種知的に処理しようとしているとも言える。ぼくも含めて、いわゆる第二次世界大戦から肉体的に伝わってきたものを戦後体験として、戦後を作った人たちと、八五年生まれの世代が書く戦争とは違うんです。だから、辻さんはだれがどの戦争のことを表現しているの？　という違和感を感じたのかもしれない。でも、ぼくたちが「あの戦争」と言うと、彼らはちょっと言いにくくなっちゃう。彼らは、あの戦争も含めて「この戦争」もあると言っているんじゃないかな。

辻：そして「あの戦争」と言ってる人たちは「この戦争」に気づいていないと言いたい？

高橋：そうそう。そういう不満が強くあると思う。

辻：それはまっとうな、というか、よくわかります。

高橋：その時に、「あの戦争」の伝え方についての話になっちゃうんですよね。戦後を経験していると。しかし彼らは「この戦争」の話もしたい。けれど、そのとき共通する言葉がない。

辻：なるほど。

高橋：ぼくは、古市さんは「無知に希望」というような挑発的な言い方をしなければ、「あの戦争」派の人たちに、「この戦争」のことを知ってもらうことはできない、と思っているんじゃないかと思ったんです。

辻：うーん、でも彼は『絶望の国の幸福な若者たち』（古市憲寿著、講談社）でも、世代間格差や就職難に苦しむ若者たちの生活満足度や幸福度がじつは高い、けっこう今の若者は幸せだよという話を書いているでしょ。「この戦争」について、彼がどれだけの危機感をもっているのかわからないな。

でも、八五年生まれの人たちが何人も戦争を描いているのは、たしかに興味深いですね。前にも言ったように、ぼくは一九八五年こそが、世界ががらりと変わった転換点だとずっと思いこんできたんです。ぼくはアメリカに住んでいて、レーガンの時代でしたが、その春、街へ出るとなんかまぶしくて、風景も違って見えた。女の子たちがまだ寒いのに脚を出して街に出ていて、よく見るとみんな脚の毛をそっていた（笑）。フェミニズムの終わりを、変革の時代の完全な終焉をそれが象徴していたような気がするんです。マイケル・ジャクソンの変身も、厚化粧と下着姿みたいなマドンナが「Like a Virgin」（処女のように）でデビューしたのもその年。そしてそれが新自由主義時代の始まりでもあったわけです。そうか、彼らはそういう年に生まれたわけですね。

フィールドワークその8　山伏修行

辻：じつは、昨日、山伏の修行から帰ってきたんです。

高橋：山伏？　なんでまた。

辻：山形県の羽黒山に七日間。いっさい文明のものを使わずに、お堂にこもっていた。山の上からは庄内平野が広がって、向こうには日本海が見える。お堂にいっしょにいるのは二〇〇名近い男ばかりで、年とった人も若い人も、多分超右翼の人も（笑）、ぼくみたいのもいる。門外不出のさまざまな業をやるんです。ぼくははじめて経験したんですが、なにをやるかは知らされないまま入るんです。

高橋：そうなんだ。

辻：次に何が起こるかわからない。法螺貝《ほら》の音が響くと出ていって、何を言われても答える言葉はただ一つ、「受けたもう」。外国人が一人いたので、英語でどう言えばいいのかなと思って、いろいろ考えた。〈accept〉だと受け身的だから、もう一歩踏み込んで〈embrace〉だと伝えた。これはぼくの解釈ですけど、何が来ても受け止める、抱きしめる、肯定する。そういうエネルギーだけをたよりに生きていく。いつ食べられるかわからない、いつ寝られるかわからない、寝てもいつ起こされるかわからないんですよ。修行の中身は言えないんですけどね。ぼくは誓ってしまってるんで。

高橋：守秘義務がある（笑）。

辻　：そうなんです。でもその修行中に起こったことで印象に残っていることがあって、それは修行の中身とは違うのでぜひ言っておきたい。厳しい修行も終わりに近づいた頃、みんなで出羽三山神社に寄ったとき、休憩時間があり、やがて大きな講堂に入るように言われた。そうしたら地位の高い神官による講話がはじまった。

高橋：その中身も秘密？

辻　：いや、それを今話したいんだけど。ちなみに山伏たちの修験道というのには、仏教系と神道系の二つの流れがある。明治の初めに、修験道が禁止され、また神仏が分離されたことにより、修験道は国家神道のもとに再編成された神道の中に言わば潜り込んで生き延びるわけです。出羽三山神社だってもともとは神仏習合のお寺だったわけで、お堂というお堂にはいっぱい仏像があったんだけど、すべて取り除かれてしまった。その結果として、神道系修験道と仏教系修験道という二つの流れがあるわけで、ぼくは神道系のほうに参加した。で、さっきの講話の話に戻りますが、突然なんの話かと思ったら、改憲、靖国神社の合祀、果ては教育勅語のすばらしさといった右翼ネタのオンパレード。

高橋：えーっ？　まあ、当然といえば当然か？

辻　：といって、宣伝カーみたいにがなりたてるわけでもなく、穏やかに、それこそ隠居した気のいいおじいさんという感じで話すわけ。ぼくは自分の反応にびっくりしたんだけど、話の中身に反発するというより、その話しぶりに違和感を覚えた。「ちょっとやめてよ、しらけるから」みたいな。その彼の言語のあまりのお粗末さにあきれたという感じなんです。その人は、修行中の一連の儀礼では一種のオーラを放つ存在なのに、政治的な話をしだしたら、あまりにも言葉が皮相で。単純に言うと聖なる領域に、急に俗なる世界がズカズカと入ってきたという感じ。考えてみると、その薄っぺらさはそのまま近代合理主義のそれなんですよ。伝統的で神聖な所作をやっていた人が、近代の言葉をしゃべりだしたとたんに、とんでもなく見劣りしてしまう。でもそこでふと、じゃあそういうお前はどうなんだ、と自問してみると、もちろんぼくだって近代合理主義的な言葉でずっと生きてきたし、それで飯を食ってもいる。

高橋：なんで山伏修行にいったんですか？

辻　：一言でいうと、「身体知」を呼び起こすような経験をしたかったからかな。基本的には次の法螺《ほら》の音を待ちながら、お堂の中でごろごろしているわけです。それは、無意味な行為でしょう？　さっきの高橋さんの表現じゃないけど、「無意味に耐えて」いる。次に何が来るかわからないから、プロジェクトしようがない。未来を先取りできない状態で、とにかく何かを待ってる。鷲田清一さんの『待つということ』という本にあるとおり、閉じてしまわずに自分を開けておいて、じりじりとただ待つ。親しくなった外国人と、「What the fuck are we doing here ?」なんて言いながら、自分たちを客観的にながめては笑っていた。そうでもしないと身がもたない。そういう時間を過ごしている。そして、号令がかかるとさっと立ち上がって今度は山を駆けめぐる。で、帰ってくるとまた勤行《ごんぎょう》。

勤行の祝詞《のりと》はだれでも知ってるんで、言ってもいいと思うんですけど、「諸々の罪穢《つみけが》れ、祓《はら》い禊《みそ》ぎて清清《すがすが》し」って一行がぼくは好きでね。皇国思想なんかが入っている他のものは抵抗あるけど、これ

山伏修行へと出発する朝

はいい。もろもろの罪や穢れを祓って、すがすがしくなっちゃう、なれちゃう、というのは、ある意味すごく安易な思想でしょ（笑）。

高橋：好きっていったじゃない？

辻　：うん、その安易さを正直に出しているところがいい。これってとても日本的だな、と。日本の思想の原点のひとつが表れているかもしれないと思ったんです。だって、人間が生きるってことは自動的に罪と穢れをかかえこむことでしょ。生き物の命をいただいて、その死と引き換えにしか自分の命を支えられないわけですから。そういう穢れを背負った存在だけど、それは修行で禊ぎ、清めることができる、と考える。もちろん修行は昔だったら、毎年行き帰りの徒歩も入れてひと月もふた月もかけてするわけだから、それは大変です。でも、安易といったのは、罪と汚れを背負いこむしかない自分の「弱さ」を、どうにもならないこととして受け入れ、許すところからはじめる、というプラグマチックな態度のことです。罪・汚れを忌避する禁欲主義的、純粋主義的な態度とは違う。

するとと山伏っていうのはある意味代表者で、たとえば一年に四四日間かけて山をめぐって修行をし、そういうものをコミュニティにもたらす存在でもある。そうやって自分たちの「弱さ」に向き合うんです。この「弱さ」というのは穢れもあるけれど、穢れを含んだ生や老い、死も含まれている。人間ならだれしも向かっている老いや死という「弱さ」をなんとか循環型のものにし、再生していくことを身をもってやるのが山伏なのではないかと。そういう意味では、まさにグレーバーじゃないですけど、民衆は自らの「弱さ」に向き合いながら、しかしその「弱さ」のゆえにコミュニティを形成し、家族を形成し、そしてなんとか補いあって生きている。そしてそれを支える土台である自然界との間をつなぐ役割を、山伏という人たちが意識的に行っている、ということなんだと思う。

高橋：なるほど。

辻：それになぜ山伏が男なのかというと、フェミニストは女人禁制はけしからんというけど、じつはこれが逆なんだそうです。

高橋：逆？

辻：中国から不浄の思想が入ってくる以前は、月経は神なるもの、もっとも神々しいものだった。そして暦とも重要な関わりがあり、月の暦、陰暦を太陽暦と組み合わせているのが日本の暦ですけど、この旧暦ではいわば月の運行を組みこむことによって、女性たちのリズムに合わせるという知恵があった。それが明治以降に、グレゴリオ暦、太陽暦に転換することによって切られてしまう。つまり、女性たちは山に入る必要がなかった。

高橋：男は入らないと穢れが落ちないんだね（笑）。

辻：そう。男性は山で女性性に近寄っていく。この山籠もり全体が女性のコスモロジーなんです。山は女性の胎内であり、そこに飛びこみ、修行をへて新たに生れ出る。つまり再生するんです。女性が毎月やっていることを、男は山で経験しなくちゃならない。高橋さんも、「あなたはそんなに悩んだの？」と奥さんに言われたみたいだけど（笑）。

高橋：はい。

辻　：それが修験道ではないかというのが、今のぼくの実感です。俗なる世界に住んでいる人間たちが感性を研ぎ澄まして、自然界と交信をし、ある種シャーマンのようになって、「身体知」が甦るんじゃないかと。現代では頭で得た知識が九九％ですけど、身体を使うトレーニングをして、身体で考える感覚をとりもどす。頭で得た知識を知恵へと転換する、ということですね。

高橋：「身体知」に結びつきましたね。

辻　：そして日本の修験道の特性は、半聖半俗なんです。五割はしっかり俗世界にいて、世界のことを見て、世界の流れを理解する。要するに五分五分なんだと。バランスをとって、ちゃんと俗世界へ帰ってくる。生まれ変わったら社会の中でちゃんと生きなさいということを学ぶ、一種の生涯教育のメカニズムだったのではないかというんです。

古代は、山が祈りの場であると同時に、山に生まれて、死ねば山へ返るという循環がある。いわば地下水脈が巡っている。あ、地下水脈で思い出しました。

考察——ぼくらの中の「身体知」

高橋：何を思い出したんですか？

辻　：「井戸端げんき」のことですが、「井戸端」っていう名前にはそういう意味がこめられているんです。三好春樹さんが「こういった流れは分野が違っても地下水脈があるんだ。そこに井戸を掘ればみんなつながっているんだ」と言ったんですね。だから「井戸端」なんだと、伊藤さんが考えたんです。

ぼくがなぜ山伏修行に行ったかというと、さっき負債とか依存とかいう話をしましたけど、究極の負債は大地への負債であり、太陽への負債であり、森への負債ですね。そしてこれは一方的で、いっさいぼくたちはそれに対してお返しすることができない。できることがあるとすれば、祈り、感謝し、崇拝する。儀礼にはそういう意味があるってことがわかり、身をもってやってみたくなったんです。

高橋：なるほど。いろいろお話を聞いて考えて、一言で言うと、「身体知」みたいなものが浮上してきたと思うんです。ところで、宮崎駿さんが引退を発表しましたよね。

辻　：そうなんですか？

高橋：ええ、『風立ちぬ』でもう長編アニメ製作からは引退すると発表したんです。その理由なんですが、内田樹さんがブログで『風立ちぬ』について書いているのが、卓見だなと思ったんです。辻さん、『風立ちぬ』を観ました？

辻　：観てないです。

高橋：堀越二郎というゼロ戦の設計者の生涯を描いた長編アニメ映画です。主人公は、堀越二郎と堀辰雄を合わせた人物にしてあるので、堀辰雄のように軽井沢で結核の女の子と恋をします。いろいろ批判があるんですが、そのひとつはゼロ戦を作っているのに主人公が悩んでないということです。たしかにそういう葛藤は描かれていない。もうひとつは堀辰雄のラヴロマンスが唐突な感じがするということでした。でも、内田さんはそういった批判は本質的ではないと書いています。「あの映画で宮崎監督が描きたかったのは日本の緑だ」と。彼のアニメによく出てくるのは空を飛ぶシーンですね。それから、日本の山や草原を繰り返し描いている。いかに草が風で波打っているかを、鮮明に描きだす。宮崎監督は、「もうアニメなんか描けない。日本の緑を知っている人がいなくなったから、あの色が出ない」っておっしゃったそうです。専属の美術者でも、その色についての記憶を持っている人は歳をとっていなくなったからと。彼は根本的にある種のエコロジストなんです。日本の森林が持っている力とか再生力、あの深さが好きで、そこから反原発の思想もでてくるんだと思います。

宮崎アニメの特徴というのは、夏休みに故郷に帰る感覚でしょう? さっき辻さんも話していましたが、故郷っていうのはもどるべき場所、死ぬべき場所、死んでもいいと思えるような場所。それを描くには、日本の緑なんですね。宮崎アニメはだいたい昭和三〇年代をくり返し描くでしょう? 『となりのトトロ』は、一九五三年、テレビが出る前が舞台となっています。そして場所は所沢あたり。ぼくたちが具体的に知っていて、疑似的な記憶を持たされている日本の緑のある場所なんですね。飛行機や飛行艇がでてくるのは、じつは、その背景の上を飛ばすためなんだという。

辻：なるほど、緑を見るための飛行機なんだ。「地球は青かった」みたいですね（笑）。

高橋：宮崎監督が描きたかったのはそっちのほうだっていうのが、内田さんの宮崎論なんです。日本人がジブリを好きなのはその緑を見て、「あそこにはなにかあったよね」っていう気持ちを共有する。それはぼくらの中に残っているある「身体知」なんだと思うんです。

辻：そうつなげるのか（笑）。

高橋：いやその先もあります。「劇団態変」（主宰・金満里により一九八三年に大阪を拠点に創設された身体障がい者による劇団）っていう、身体障がい者だけの劇団を知っていますか？

辻：ええ。

高橋：ぼくは、そこで表現のレッスンも受けたんです。金満里さんから。練習場で金さんの指示によって体を動かすんですが、健常者は体が動くのが当たり前なので、身体感覚が鈍くなってる、って金さんに言われました。あの人たちは体が動かないので異常に敏感なんです。で、身体感覚を取りもどすレッスンをする。山伏と同じですね（笑）。これがおもしろくて、「石になってください」とか、「死んじゃいます」とかやっているうちに、背中が床にくっついて起き上がれなくなったんです。体が重くて動かない。重力を感じすぎて耐えられなくなる。

辻：普段は感じない重力を感じる。

高橋：「金さん、体が動かないんですけど」って言うと、「重力って大変でしょう」って。脳障がいの人とか、痙攣《けいれん》しているとまっすぐ歩けない。三半規管に問題があると、ちょっとしたことで重力を感じて倒れちゃう。いっしょにレッスンをやっていたら、ぼくにもそれが移っちゃった。レッスンが終わったら、動くようにはなったんですけどね。たとえば皮膚感覚とか、一つ一つの感覚を味わっていくレッスンもあるんです。「ここが痛い」って言うと、「それをこっちに移しましょう」とか。ぼくたちは、普段、動くのが当たり前、感じるのが当たり前で、その当たり前が消している感覚っていうのがあるんですね。その当たり前をとってしまうと、全部当たり前じゃなくなるから、「どうやって体って動くんだっけ」ってなってしまった。

辻　：それもすごい体験だなあ。

高橋：それが劇団態変の作法なんです。身体が動くっていかに「大変」なことか、なにかを感じるっていうことがどんなに「大変」か、っていうことに気づく。でも、普段はそんなこと気づかないから、がむしゃらに仕事をしたり、社会に適応することができるわけです。「身体知」を省かないと効率化できないでしょ？　だから、「身体知」を取りもどしていくと効率は悪くなる。余計なことを感じ、センサーがなんでも捕えると、なにを見ていいかわからなくなる。そういう状態を体験するんです。

辻　：非効率をかかえこむ、「弱さ」をかかえこむ、ということですね。

高橋：そうすると自分に混乱が起きるんです。ある種の身体性がもどるとそうなる。

辻　：違う世界が現れてくるわけですからね。

考察――学びほぐす

高橋：ぼくは昔から鶴見俊輔さんの本を読んできたんですが、ここ数年本当に身に染みるんです。なんで昔は気がつかなかったんだろうなと思うことがあります。鶴見さんの言葉って「身体知」から出てくるんですね。彼の経験は身体を通しているから、言葉が知の方向からだけきているわけじゃない。だからちゃんと伝わってくる。「すごいな」って感じ直しています。

辻　：ぼくも、最初カナダのモントリオールで会った時、「日本の知識人のおじさんが来た」みたいな感じでちょっとバカにしていたんだけど、彼の授業にもぐりこんだら、一発目でがーんとやられてしまった。いろいろお世話になりましたが、そのうち貧乏学生のぼくに日本語学校の校長兼小遣いさんの仕事を紹介してくれた。その学校では日の丸の旗を揚げなければならないんだけど、「いいんだよ、揚げれば」って、鶴見さんは言ってた（笑）。結局、実現しなかったんですが。

高橋：それはいいなあ。

辻　：戦前、鶴見さんがアメリカに留学していて、お姉さんがいたニューヨークの、日本語図書館でアルバイトをしていたとき、ヘレン・ケラーがやってきたという話、知ってます？

高橋：本に書いてますね、ぼくも大好きなエピソードです。

辻　：ぼくは、鶴見さんから直接話を聞いたんですが、それによると、ヘレン・ケラーが来て、日本の音楽を聴きたいという。「どうやって？」と思っていたら、蓄音機の上で廻っているレコードに手で触れるようにして聴いた……。

高橋：そこは本に書いてない。

辻　：ヘレン・ケラーはそうやって宮城道雄の「春の海」だったかな、を楽しんでから、鶴見さんに、「あなたは学生？」と訊くので、「はい、勉強してます」と答えた。するとヘレン・ケラーはこう言った。「そう、私も学生のころはラドクリフ（ハーバードの姉妹校にあたる女子大）で懸命に学んだけど、その後は懸命にアンラーンしてるの」って。学ぶの〈learn〉と、その頭に否定を意味する〈un〉がついた〈unlearn〉が対比されている。アンラーンは日本語に訳すのがむずかしいんですけど、鶴見さんは、「学びほぐす」と訳した。他に訳し方がないかとぼくもずいぶん考えたんだけど、思いつかないんですよ。

「学び」を「ほぐす」ってどういうことなのか。さっきの教育のことにもつながってくると思うんですけど、知識を得た時に頭にとどめるのではなくて、身体を通過して、ある意味の知恵、「身体知」へ変換していくようなことなんじゃないかなと思う。それがあってこその学びなのではないか、と。このごろでは、頭では学ぶけど、身体を通すほうがほぼ完全に抜け落ちてるんじゃないかと。それが、ヘレン・ケラーの口から出てくるのが、ゾクッとするほど、すごいんですけど。

高橋：「学びほぐす」ってある意味、学び直しでしょう？　今ぼくがやっていることは、まさに学び直しなんですよね。それまで知として学んできたことを、現場に行ったり、当事者の話を聞いたりして身体を通して学び直す。

辻：人類学者化してますね。そういう高橋さんを見ていると、なんかワクワクしてるんですよ、こっちまで。高橋人類学。

高橋：そうですね（笑）。でも、別に現場に行かなきゃわからないっていう意味じゃなくてね。現場へいくと、彼らの話に耳を傾ける。で、ぼくもなにか話す。知るっていうのは基本的に一方通行なもので、コミュニケーションを必要としません。でも、たとえば祝島に行って、そこの道を歩いていくと、ぽつんぽつんとおじいさん、おばあさんがいて、ミカンをもらう。知の交流はないんだけど、自分の中で〈learn〉したものが違う形に変化していく。「ミカン、ありがとう」ってぐらいしか出てこない。それが〈unlearn〉。なにかわかったんだけど、ちょっと言語化はできない。小さな島だけど歩いているると足が痛くなる。身体が感じている。だから、そこへ行くことはとても大切です。その場所に行って、風景を見て、空気を吸って、匂いを嗅いで、生きている人間の声を聞くと、違ったセンサーが動く。それは原発の本を二〇〇冊読むのとは違う感覚が働く。ぼくは両方なきゃだめだと思うんですよね。

辻：そう、両方ですよね。

高橋：鶴見さんが本当にいい例ですね。これも有名な話ですが、鶴見さんの子どもの友だちが自殺したので、子どもが「自殺はしていいものか」と鶴見さんに聞いたら、彼は即答した。「君が戦争に行くようなことがあって、もし女性を強姦したり、だれかを殺すような事態になったら自殺しなさい」と。普通、そういうことは言わないですよ。「自殺はいけないよ」とか言っても、こういう時に自殺しなさい、とはね。でも、鶴見さんは自分がそうしようと思っていたからそう答えたんだと思います。

知の答えっていうのは一つしかないけど、「身体知」が準備してくれる答えはいくつもあるんです。もしかしたら次の日だったら、違う答え方をしたかもしれない。どんな答えになるかわからない。そして正解はない。正解以外の全部の答えを知っているのが「身体知」なのかもしれないとも思います。だから鶴見さんの本を読んでいると、知が出す答えだという感じがしない。「え、答えはここかい？」っていう、いい意味での裏切りを感じる。それは、彼の言葉が身体でつくられた言葉なので、納得させられるんだと思います。

祝島から、「でら〜と」「らぽ〜と」、「エレマン・プレザン」、イギリスの子どもホスピスと、いくつもたずねてみて、やっぱり答えは身体から出てくると実感しました。この時、この瞬間、この人はこう言った、ということとの積み重ねから出てくる実感。反対に、知から出る言葉は汎用性があるんで、だれに向かってても「こうしなさい」って言えるでしょ。それとは確実に違いますよね。

でもそういうふうに考えてみると、ぼくらが生きるってこと自体が汎用性がないわけです。個として生きているのだから、答えは一人ひとり違う。「人間はこう生きるべきだ」っていうのが知の回答だとしたら、「私はこう生きています」っていうのは、身体知的な回答になる。

辻：また山伏の話になるんですけど（笑）、同じ修行を同じ場で同じようにやっても、感じることや得ることは一人ひとり違うんです。それなのに、現代世界っていうのはたった一つの答えがあると見なして、全ての人がその答えを見つけて、問題を解決していこうとしている。でも、実際には答えは一人ひとりの経験、居場所、個別性の中にあるんですね。

第三章　弱さの思想を育てよう

敗北と無駄を抱きしめる

辻　ここからは、これまでのフィールドワークをめぐって話してきたことをまとめながら、さらに一歩進めて、社会を変革していく思想として、「弱さ」がどんな意味をもつのかを考えていきたいと思います。

ぼく自身のことを振り返ってみると、「弱さ」を自分のテーマだと考えるようになったきっかけは、「べてるの家」という精神障がい者たちを中心とするコミュニティとの出会いで、実際に行ってみて、「弱さの情報公開」とか、「弱さを絆に」とかという言葉が、単なるキャッチフレーズじゃなくて、生きた理念として人々を支えているのを実感したことです。それで、高橋さんと「弱さの研究」を始めた時に、べてるを代表して向谷地生良さんに外部研究員になってもらい、ふたりでお話をうかがう機会をもったりもしたわけです。「べてるの家」が生みだした数々の魅力的な合言葉のひとつに、「降りてゆく人生」というのがありますが、同じタイトルをもつ映画をプロデュースしたのが、清水義晴さん。「はじめに」でも触れましたが、その清水さんはかなり前から新潟を中心に地域運動を進め、べてる的な弱さの思想を草の根から広めてきた方です。どういう経緯だったか忘れましたが、清水さんから本をいただいた。そのタイトルが『変革は弱いところ、小さいところ、遠いところから』(太郎次郎社)。今思えば、ぼくが「べてるの家」のことを知ったのはその本だったわけです。本が出たのが二〇〇二年、ぼくが『スロー・イズ・ビューティフル』という本で、「遅さ」という「弱さ」に注目したのが二〇〇一年ですから、その頃から、ぼくなりに「変革は弱いところから」という考え方を自分の中で温めてきたわけです。以来、時代は大変動の真只中という感じですが、この時代に、「弱さ」というテーマをどう磨いていって、どう役立てることができるか、を考えたいと思います。

まずぼくから話してもいいでしょうか?

高橋：はい、どうぞ。

辻　：ひとつは「敗北力」が話の出発点としてありましたね。

脳性麻痺でパントマイマーで詩人の友人がいます。「宇宙塵」というペンネームなんですが、彼は同じように障がいのある先輩たちに昔から、「我々はどうあがいても、負ける。だったらどう負けるかなんだよ」と言われてきたというんです。つまり、自分たちが生きていくことは負けることなんだから、それならどういうふうに負けるかなんだ、と。その話を聞いて、鶴見俊輔さんの「敗北力」を思いだした。日本はどう負けるかってことを考えていない社会、あるいは敗北を抱きしめることがとても不得意な国だなあって、つくづく思うんです。「敗北力」をどうやって鍛えていくかということと、「弱さの思想」をどう育んでいくかはつながっていると思ったのです。

それから、「無駄」について。ぼくらはいつのまにか、結果の出ないものは全て無駄であって、やること、やったことに意味がないと思うようになってしまった。それってつまり、遊ばなくなってしまった、ということでしょ。遊びって、何か結果を出すためにやるわけじゃない。だからこそ遊びは遊びなんだから。でも、日本の大人たちは子どもたちにもいつも言っている。「そんなことやってなんの意味があるんだ?」とか、「そんな意味のないことなんか止めなさい」とか。しかし、よく引用される梁塵秘抄《りょうじんひしょう》の「遊びをせんとや生まれけむ、戯《たわむ》れせんとや生まれけむ」のように、古来から遊びにこそ人間の生きる意味があると多くの人々が考えてきた。人類学的にも遊びにこそ人間の本質を見ることができる。遊びがなくなるということは、結果とプロセス、目的と手段、未来と今の関係そのものが変わってしまうということですね。「プロ」という接頭辞がつく、現代のキーワードのことを前に話しましたが、たとえば語源的には「前に投げる」を意味する「プロジェクト」という言葉のように、結果や成果のほうから今を規定する、前へとつんのめった思考や行動だけがよしとされ、それが強さの基準になって、そういう基準に合わないものは弱さとして分別されて、振り落とされていく。インドの『バガヴァッド・ギーター』は、結果にこだわり執着してはいけない、プロセスを生きる、今を生きることが大事である、という教えですけれども、今はその反対で、結果と切り離された時間が「無駄」と呼ばれるわけです。弱さを考えるうえでは、「無駄」について考え直すことが大切だなと思います。それは、効率よく自然界から搾取し、それを支配し、効率的な生産と消費のシステムをつくっていくか、そのプロセスでいかに無駄を切り捨てるかというのを、至上命題にしている現代世界のあり方そのものを見直すことでもあるわけですが。

さて、人類の出発点までさかのぼると、ある種の「弱さ」を抱えこむことによって、人間は人間になった、と考えられるわけです。たとえば新生児が他の動物に比べて「体外胎児」と呼ばれるほどの未熟さで生まれてくることとか、だから子どもが長い間母親に、家族に依存しなければ生きられないこととか、四足から不安定な二足歩行に転換したこととか、他の霊長類のように毛皮をまとっていないこととか、いろんな弱さとともに人間は人間になった。人類の移動の歴史も、弱さゆえに追い立てられて移動していったのではないかと考えられる。さらに言えば、弱さゆえに、人間は文化的な、言語的な存在になったし、コミューナルな存在になったし、「父親」というものを発明したり、家族をもつことにもなった。でもこれらのことには今は立ち入らないことにしましょう。

ただひとつ、霊長類学の山極寿一さんによれば、ゴリラは「負けない」という特徴を進化によって身につけたという。霊長類にも二つのパターンがあるという。ひとつはあるものが勝って、他のものを負かして支配的になる。もうひとつは、ゴリラのように「負けない」という型。人は、ゴリラのように、やはり「負けない」ほうの型なのだという。その「負けない」ということがとても大事だという気がするんですが、それは言い換えれば、「勝たない」ということです。「勝てる」のに「勝たない」。特にオスのゴリラは胸をたたいて唸って相手を威嚇《いかく》するから、一見暴力的な感じがするんだけど、実際はとても平和的ですよね。つまり、あの威嚇によってそれ以上の決定的な対立、暴力的な衝突を避けているとも言える。つまり、「勝ち負け」が生じてしまうこと自体を避けている。

「勝たない」ことと「敗北力」は密接な関係があると思うんです。負けた時に、じゃあ、次は勝てるようになろう、とするのか、勝ちも負けもしないようなところへと出ていくのか。その間に本質的な違いがあるだろう。「弱さの思想」というのは、あえて勝たないという考え方。「勝たないし、負けない」。「勝ち負け」そのものを超えることではないかな、と。これは人類の最初からの根源的な知として、我々に備わっていたのではないのかとも思うんです。人類の存立基盤としての「弱さ」、という仮説をたてて考えてみたらどうでしょう。

高橋：はい。辻さんがいくつか問題提起をしたので、順番にぼくの考えを言いたいと思います。

最初の「敗北力」ですが、弱さの思想、弱さの共同体を考えるときに、この「敗北力」はひとつの大きなキーになる考え方だと思います。具体的に考えたほうがいいと思うので、祝島を例にしますね。

祝島は三〇年に亘って原発反対闘争を続けていますが、非常にめずらしい、負けていない例ですね。負けていないのは、この島には大きな敗北力があるからだと思っています。これは他の場所ではなかなか見られないものなので、非常にいい例、サンプルになると思うんですね。日本では、こういう政治的な意味を持つ反対闘争はほぼ負けています。利益誘導が行われる施設に、イデオロギー的にぶつかっていっても、最終的には共同体が分裂して負けてしまう。これが延々とくり返されてきたんですね。

祝島は引き分け。住民が四百数十人しかいない典型的な過疎の島ですから、このままいくと数字上では毎年一五人ずつ減って、あと二五年くらいで人口がゼロになる。自然消滅して負けてしまうんです。でも、その暗さは祝島にはない。どうしてかっていうと、ひとつはエネルギー循環、新しい、つまり原発に象徴されるエネルギーモデルとは違うモデルを実際に作り出していること。そして二つ目は、この祝島独特の共同体にあります。過疎と高齢化が進行しているけれど、すごく簡単に言ってしまうと、祝島の考え方は人口減少と高齢化を受け入れる。つまり敗北を抱きしめよう、という姿勢なんですね。

人間は歳をとって死ぬ。それは怖い、なんとか避けたい。でも無理なんですよ。人がたどる死までの道は、根本的に「負け」なんです。例外なく全員負けですよね。それにさらに、負けの要素を足そうとしているのが今の社会です。病気になったら負け、障害者になったら負け、学力競争で落ちたら負け、いい会社に入れなかったら負けというように、負けの材料を探せばいくらでもみつかります。

政治学者の菅原琢さんがこんなことを書いています。地方自治体は、みんな競争している。たとえば夏の甲子園。甲子園の話で盛り上がる。それからゆるキャラを作ったり、地元の産物を生みだそうと競争をしている。競争をすれば敗者がいる。実際はほとんどが敗者になるわけです。人々は競争という仕組みの中で、自分だけは助かるかもしれないという幻想で生きている。それはいわばこの社会の基本的な考え方で、地方自治体がそれに巻きこまれているんですね。これは悲惨なことです。

ある町で餃子を売りだそうとしたら、競いあうのは他の町の餃子じゃなくて、同じ町の豚カツなんです。餃子が売れたら名産品になって、ほかのものが売れなくなる。どっかが勝っていうことは誰かが負ける。結果としてはみんな負けるのに、それに気がつかないまま、競争から降りられないという事態に陥っています。地方に行くとかならず駅前にあるのは予備校でしょう? どうしてかっていうと、学力競争で勝ってこの町から出て行くため。競争は内側から共同体を滅ぼしていくんです。

そこで、祝島なんですが、ここは競争から降りているんです。自然に人口が減っていく。そうして小さくなった共同体をお互いに支え合うことで、残りの時間をいかに有益に過ごすかということに資源を投入する。そこでは競争は行われない。負けを受け入れているんです。

ただおもしろいのは、そういう生きる戦略を変えた島に、人がもどってきたことです。これがいい意味での逆説です。縮小していくことを受け入れていくうちに、この場所なら生きたいと思う若い人が出てきた。都会の競争社会ではほとんどの人が負けて、負けた人にとっては居づらい場所になりますよね。で、彼らが思いだすのは、自分のホームランドはどこだったか。ほとんどのホームランドは都会と同じ競争社会に落としこまれているんだけど、祝島のような場所もあるのだと発見したんです。

だから祝島は、遠くない将来にこの国全体にやってくる運命を受け入れたというモデルなんです。

現在、認知症の人が四百何十万人、一〇年後には可能性を含めて一〇〇〇万人、一〇人に一人が認知症になると言われています。祝島どころじゃない(笑)。そういうことはみんな考えたくない。つまりそれはやっぱり負けだと思うから。でも、それを当然として受け止める。老いを抱きしめる。死を抱きしめる。乏しくなっていく資源をみんなで分け合うことで抱きしめるというやり方が、この国に一番必要なものじゃないかとぼくは思うんです。

子どもホスピスの話もしましたが、ホスピスというのは近い将来死ぬことが確定された子どもたちの居場所です。必ず負けるんです。一週間後か三か月後かわからないけど。その敗北をどう抱きしめるか。このホスピスの考え方は、死にいたる期間をもっとも価値ある時間だと考えます。だから、子どもたちにとっても、その家族にとっても、当然スタッフにとっても、これほど貴重な時間はないと考えて、その時間を抱きしめるんです。ぼくたちは普段、いつ死ぬかわからないから、そういう状態が見えにくいけど、近い将来死ぬとなったら、残りの人生をどれだけ豊かで実りのあるものにするかを考えると思う。だから、この子どもホスピスの考え方は、死は逆説的な特別な時間を与えてくれるギフトなんです。そのギフトをみんなでシェアする。親は親のシェアの仕方、スタッフはスタッフのシェアの仕方がある。なので、彼らはもっとも豊かな時間を過ごすことができる。

だから死は受け入れられない運命ではなくて、大切なものと考えています。これは祝島でも同じだと思うんですね。死とか老いを、大切なもの、当然のもの、そのことによって成長できるものと考えて抱きしめることができると、その共同体のあり方とか、我々自身のあり方も変わってくるんじゃないかなと思います。

辻さんの言葉でいうと、敗北力っていうのは、敗北とされるものが敗北じゃないということになるかな。ぼくは、それが弱さの一番大きいキイになる言葉だと思います。

多様性をとりもどす

辻：競争社会ですが、競争っていうのも不思議なものですね。まず競争って、考えてみるとゴールがひとつじゃないと成り立たない。ひとつのゴールがあるから、そこに向かってみんな競い合うことができるし、順位もできる。だからこそ競争は、効率的に人間を組織していく手段、方法になる。

競争の意味を全否定するわけじゃないけど、「社会は競争で成り立つ」とか、「人生は競争だ」とかいう思いこみが問題だと思うんです。ぼくたちはいつからそんなふうに考えはじめたのでしょうか。一人ひとりがそれぞれ個別の生を生きているわけだから、ゴールが別々であっていいはずなのに。そもそも人生が競争だということ自体がおかしいと、ちょっと考えればわかりそうなものなのに。いったい何に向かって競争しているのって自問するだけでいいのに。一つのゴールに向かうことにしか意味がないように思いこまされているんですね。

そして現代社会では、経済成長主義のためにゴールが設けられている。社会としては経済成長、個々人は地位を上げ、所得を上げ、物をたくさん所有したり、消費したり……。これは現代の人間が抱えこんだ業みたいなものですよね。貪欲さが美徳とされる。それに歯止めをかける思想はいつの時代にもあったけれども、経済支配のもとで片隅に追いやられてきた。経済の御旗のもとに競い合うということが当たり前の世界になってしまっている。全世界のほとんどすべての国が経済成長をゴールだと考えている。グローバリゼーションって、要するにそういう経済支配の世界化のことでしょ。

そう見てみると、ぼくたちがなぜ生産に結びつく以外の時間を無駄と考えたり、無意味と考えたり、そして十分に生産に寄与できない人たちを切り捨てて、無意味な生として無視したり、差別したり、切り捨ててきたりしたかがわかります。だから、経済について考えていく必要があると思うんです。

ベルナルド・リエター（通貨システムの権威者で『マネー崩壊～新しいコミュニティ通貨の誕生』日本経済評論社出版の著者）に注目しているんですが、どういう文脈で彼のことが話題になったかっていうと、地域通貨だったんですね。じつはグレーバーの本をぼくに紹介してくれたのも彼だったんですけど、彼は通貨とはなにかということを古代にさかのぼって研究しています。

通貨は父権型の社会で単一化していった。母系制の社会にはいくつかの用途を持った、いくつかの通貨が、並列的にあるという例がいくつもあるという。そして社会の全体が非常に緩やかにオーガナイズされている。けれど、父権社会、中央集権、国家主義になればなるほど、通貨も単一化し、意識も均質化されていく。今は、全世界がたった一つの種類の通貨ですね。もちろんそれぞれの国は通貨を持っていますが、他の通貨を許さない単一の法定通貨という意味で、基本的には同じ種類の通貨が世界中を覆い尽くしている。いったいこれはどうしてかと考えていくと、ひとつのゴールに向かって、すべてをオーガナイズしていくという管理社会に支配されているということが見えてくる。

リエターは様々な分野の優れた研究者たちと、システムとしての社会構造を原理的に考察する共同研究に参加しました。その真ん中にあるのは、ひとつのシステムが持続可能であるとは、いったいどういうことか、という問いでした。その研究を通じて、いろいろなことがはっきりしてきた。今の経済学は閉鎖系で、社会的な諸問題、環境、自然界などを「外部」と見なしてそこから自立したひとつの空間を想定し、それを前提にするところから話が始まっている。そこに関わっている人たちにとっては都合がいいですよね、きれいに数学的に話が完結するから。でも、今現実世界に起こっているのは、経済の土台である自然環境そのものが限界にきていて、おまけに「勝ち組」だったはずのいわゆる先進国では少子高齢化が進み、今後、膨大な数の人たちが引退するとともに社会保障が破綻すると言われている。すでにもう社会的にも、環境的にも、破綻の兆しがたくさん出てきていますよね。

そこでまず考えなければいけないのは、言わば閉鎖系などという幻想の上にたてられた疑似システムとしての経済から、複雑系で開放系である現実世界へと戻ってくること。そしてそれにふさわしい経済システムを考えることとです。リエターたちによれば、開放系で複雑系の社会組織における大事な柱となるコンセプトとして、ひとつはダイヴァーシティ、もうひとつはレジリアンスをあげることができる。どちらも訳しにくい言葉ですけど、ダイヴァーシティは日本語では一応、「多様性」という言葉で定着し始めている。次のレジリアンスは「弾力性」とか「しなやかさ」でしょうか。硬い強さじゃなくて、もっと柔軟で柔和な強さと言えばいいかな。この多様性とレジリアンスとが連動している。そして多様性は効率性と対立関係にある、とリエターたちは言うわけです。

多様性はこれまで社会の中で負の価値であり、弱さだと考えられてきたと思うんです。自然界と言えば多様性の代名詞のようなものですが、文明はその自然を見下してきた。たとえば、英語でダーティと言えば、「汚ない」という意味だけど、それは〈dirt〉、つまり土を形容詞化した言葉です。土が忌避されるのはなぜかとたどっていくと、微生物の存在に行きつく。第一章で紹介した韓国のファン・デグォンさんによると、それは食物連鎖の頂点にあって、全世界が人間に仕えるためにあるといった文明の幻想を脅かすのが微生物だからです。弱肉強食という言葉の通り、人間だけがすべてを食えるが、何ものにも食われないという強者の驕《おご》りを、進化のピラミッドの一番下にあったはずの小さきものが脅かす。文明はそうして抗菌とか滅菌とかという思想に行きつく。生物多様性というけど、その大部分は微生物だから、結局、文明は多様性と相容れないような発想の上に成り立っているんですね。

一方、効率性は文明における強さの定義に欠かせないものです。そして効率性は、多様性を犠牲にすることによって高められる。つまり、多様性を負かすことによって効率性は勝つ。これが競争ですね。もともと効率性というのは、時間を含んだ概念で、同じ時間の中でより多くのモノやサービスを生産したり、消費することであり、逆に言えば、同じことをより少ない時間でやること、つまり、「より速く」です。それに対して遅さというのは、弱さとして蔑《さげす》まれ、切り捨てられてきた。つまり、多様性と遅さとは、重なり合い、響き合うようなふたつの言葉なんです。ぼくが長年「スロー」という言葉を使って言ってきたのはこのことです。

リエターに戻れば、このへんのことがまさに今の通貨制度に見事に表れていると言う。単一の通貨という制度は効率性を追い求めてきた結果です。いろいろな種類の通貨があると、非効率だし、管理もしにくく、支配や搾取の道具としては不便ですからね。しかし、均質性や効率性を推し進めた結果、経済における多様性は失われ、レジリアンスのない、脆弱《ぜいじゃく》な世界になってしまった。彼は地域通貨にかぎらず、いろんな場面や文脈の中で、いろいろな用途で使われる様々な通貨を考え、それらが相互補完的に働く「フロー・ネットワーク」を提案するわけです。たとえば、多様性に満ちていて複雑極まりない自然環境を単一通貨で考えればどうなるか。目先のニーズに従って、取りたいだけ取っていれば、破壊は避けられない。それが今の深刻な環境問題というものですから。

たとえば、環境保全に価値を置く通貨を設定して使うことができます。同じように、単一通貨システムの中では経済成長のために真っ先に切り捨てられる福祉も、特化した通貨をつくれば、福祉を支えられる社会を作っていくための手段となれるかもしれない。そんなふうにリエターは、最近の著書で、異なる通貨を八つほど提案して、それぞれの自治体やそれぞれの国が、それらをうまく組み合わせて、それぞれの「フロー・ネットワーク」をつくろうと呼びかけている。そうすれば、昔の母系型社会ではないけれど、しなやかで多様性をもった世の中ができていくんだ、と。それをぼくたちの関心に引き寄せて言えば、強さをめぐって競争するんじゃなくて、弱さを切り捨てるのでもなくて、多様な者たち同士がお互いの弱さを補い合う形が生みだせるのではないか、ということになる。

リエターは、通貨の多様性を生物多様性になぞらえて、「お金の生態系」と名づけた。すごいネーミングでしょ？　さっきジャングルの話をしましたけど、自然の生態系が多様性を本質としているように、お金だって、経済だって、本来多様性を本質としているんじゃないのか。そういう発想で、経済における効率一辺倒、成長一辺倒を信奉するこの社会を、言わば脱神話化していかなければ、と思うんです。経済の脱神話化ということ、高橋さんはどう考えますか？

経済という神話からぬけ出す

高橋：脱神話化ですね。ぼくは経済学部出身ですから、おもしろいテーマだと思います。通貨を発行することは、結局国家に代わる共同体を目指すってことなんですね。地方通貨というものもあるんですけど、そこまで行くと単なる共同体にとどまらず、ある種の国家性を帯びてくる。そこまで踏みこんで考えていかざるを得ないということだと思います。どういうことかというと、効率を重んじる資本主義が執着するのは単一通貨で、これを生んだのがいわゆる近代国家です。この近代国家は、近代国家の国民を形成していくために物語を必要とした。これは非常に画期的な発見だったわけです。

辻：物語を？

高橋：そう。なんでぼくたちが、この競争に巻きこまれたきり出られないのか、脱神話化がむずかしいのかというと、知らないうちに「物語」に洗脳されているからなんです。近代国家黎明《れいめい》期には、その国民の統合の象徴になるような作品、小説が生まれます。たとえば鷗外の『舞姫』とか、藤村の作品もそうですね。なにが統合の象徴かというと、主要人物のキャラクターなんです。この国家のトップ、もしくは若者たちが目指すべきモデルになっている。

近代文学は、地方に生まれた青年が、その封建的な環境から逃れ、東京に出て、知的に上昇して世界をつかむという「物語」を作り続けてきました。競争に勝つことと田舎を出ることはセットになっていて、これをくり返し読んで、ぼくたちは善きこととして受け止めるようになった。核になるイデオロギーは明示されないで、「物語」を追うことで追体験させられるんです。

だから少なくとも近代国家の男子は、田舎から出て、この競争社会の中で勝つことを疑わなかった。どの小説にもそう書いてあるので、ぼくたちは目の前に敷かれているレールを異常なこととは認識できなくなるんです。まあ、そのままどこにも行かずに家で寝てる人物なんかもたまに登場しますが、扱いはアウトサイダーですよね。近代国家は、成立時に大学を作り、軍隊を作り、小説を通して、そのイデオロギーを浸透させてきた。わかりやすい言葉が「立身出世」ですね。これは基本的に今でも変わらないものとしてある。

ただ、戦後一九五〇年代以降、その「物語」は「経済成長の物語」になっていきます。それは主としてテレビや映画で語られました。会社員が主人公で、家を買い、車を買い、家族ができ、経済社会の中で上昇していくという物語です。明治の始まりはある知的社会での上昇でしたけど、結局こちらも上昇なんです。階級の中を上がっていく成功物語。

戦後で、田舎を出ていく話というと、小津安二郎監督の「東京物語」もそうですね。そうそう、先週尾道に行って「東京物語」の舞台を見てきたんですよ。「東京物語」は一九五三年（昭和二八年）に作られています。「となりのトトロ」（宮崎駿監督のアニメ映画）と同じ舞台設定ですね。これがぎりぎり戦争の傷跡が残っている世代で、「東京物語」で尾道にいるおじいちゃんたちの年齢が、ぼくの祖父母とほぼいっしょなんです。映画の中に出てくる息子たちが、ぼくの父親たちといっしょで、孫がぼくの年代。ぼくは尾道出身なんです。田舎から出てきた子どもたちは、それぞれ医者になったり、美容院を経営したり、国鉄に勤めたり、知的な上昇というよりも階級的に上がっていく。その子たちに、おじいさんが会いにいく。でも、邪険にされるんですね。

おじいさんは尾道にもどって、「君たちは東京に出ていって、それでいいんだ。我々はここで死んでいくんだ」とはっきり言う。あのころを象徴しているような話なんです。そういう物語をみんなが共有しているから、脱神話化はそう簡単にはいかない。単に教育システム、経済システムだけの問題ではないんです。物語というシステムを通して、この社会をひとつの色で眺めるものを創りつづけてきた。いろいろなバリエーションはあっても、基本は同じです。ある共同体に生きている人々の価値観は、生活習慣とそこで流通している「物語」から生まれるんです。家庭や共同体に習慣が残っている場合はそれですね。そうじゃなければ社会が送ってくる物語です。

学校に行って意味のないことを聞くのに耐える。それ自体が一種の洗脳だと思うんです。つまり送られてくるメッセージはどうでもいいから、おぼえこめばいい。そのこと自体が洗脳なんです。ある種のニヒリズム。「考えなくていい」という洗脳。それは競争社会の中で生きていく、資本主義社会の中で会社員になって、その中で上昇していくってことにつながるからです。

このものすごく強い物語に反して、大学行かないでドロップアウトすると親が狂乱状態になったりする（笑）。それはぼくたちのころもあったけれど、ある意味だんだんタイトに、単色化っていうか、この社会に生きていく人が進むルートが狭く強くなってきていて、それ以外の選択肢を想像できなくなっている。明治のはじめころは大学生は一％くらいだったし、農民が多かった。今は大学生の進学率は六〇％近いから、ほとんどが同じ環境、同じ生き方をしていく。みんな同じ教育を受け、同じルートを歩むように誘導されるから、なにか想定外が起こると対応できない。それは教育システムの中に組みこまれていないからなんですね。

辻　：しかもシステムが音をたてて崩れていくにもかかわらず、そこにしがみつくしかない。大学に入って就職まで行き着いたとしても、三年以上続けて勤められる人が少なくなっている。もうそういう神話からは引きずり出されている感じですよね、現実は。

高橋：そう、だからね、近代社会はついに力を失ってきて、現実的に物語を生きることが不可能になってきた時に、一方には現実を見たくないから今のままでいいって人たちと、現場に触れて自分たちのリアリズムを生きようとする人たちに分解を始めていると思います。

リ・ローカル化——地域へと還る

高橋：今回、弱さについての研究をしながらいろんなところを訪れてみて、今までできなかったようなある種の冒険ができて、しかもそれを可能にする状況が増えてきていると思ったんです。さすがにこの危機的状況の深まりで、人々が気づかざるを得なくなったのだと。

やっぱり三・一一が大きかったんじゃないでしょうか。とくに原発問題では、エネルギー問題を考えてこなかったという反省がぼくにもあります。構造的にいえば、水俣病といっしょですよね。いや水俣病だけじゃなくて、近代日本が繰り返しやってきた地方に迷惑施設を作る施策です。それと引き換えにお金を渡して中央を守る。さっき言ったように、田舎の若者で優秀なのは中央にくるから、迷惑施設は地方に置け、と。全部取引、バーターでそれをやってきたんですね。

そういうふうに見ると、近代一三〇年というのは、大きく言えば地方切り捨て、中央集権の徹底だった。地方は二の次で、お金は渡すけど、地方の成長は考えない。ぼくたちは見ないふりをしてきたし、知識があっても気づかない人もいただろうし、見ようとしなかった人もいる。そのうえ、忘却が訪れる。とくにこの国の人は忘れやすい（笑）。これはもしかして「穢《けが》れ」や「禊《みそぎ》」の思想のせいかもしれないですね。ある一定の期間が過ぎると、もういいじゃん、なかったことにしようと（笑）。

辻：さっきの山伏たちの祝詞《のりと》はその点ではまずいかな（笑）。

高橋：ある種、時間が禊の役割を果たして過去が歴史にならない。敗北を抱きしめるのが下手ということは、歴史を作るのが下手ということなのかもしれませんね。

辻：なるほど。敗北を抱きしめられなければ、反省もないから。

高橋：で、どこがターニングポイントなのか、わからないんですね。人口減少が始まったのが三年前です。人口問題が本質的だとすればそこかもしれない。この国全体が黄昏《たそがれ》に舵を切った。ダワーの言い方を真似するならね。

辻：ぼく、高橋さんの言葉で好きなのがあるんです。「たそがれよ、日本」。

高橋：「敗北を抱きしめて」じゃなくて、「たそがれを抱きしめて」。老人はたそがれの専門家なので、老人がそういう社会では役に立つ（笑）。

辻：そういう老人になりたいな。たそがれのプロ（笑）。

高橋：文学の話にもどすと、日本の近代文学は上昇する、競争する、地方を出ていく。これは、簡単に言うと青春文学なんです。若者が主人公。老人じゃない（笑）。

これは日本文学の特殊性だとも言われています。「青春」という言葉が入ってきたのは明治だそうです。元々青春っていう言葉はなかった。鷗外のころにできた。そして、その言葉が二〇歳前後の若者に特権的な価値を与えた。それはヨーロッパから来た考え方で、ユース、若さってものに特権的な意味を与え、それを「青春」と名づけた。二〇歳前後の時間がすばらしいということになった。

三浦雅士さんの『青春の終焉』（講談社学術文庫）にあるんですけど、江戸時代では若者にはたいした価値なんかない。若造でしかない。でも明治になってから突然、黄金の時間を生きる若者が生まれ、そして、田舎を出て大学に入る。

競争に勝ったのが青春で、競争に負けたのが老人なんです。文学の世界から成熟した大人とか老人を描く作品が減りました。作家はこぞって青春文学を書く。そして自分たちが歳とってから自分たちのことを書くんだけど、そういった作品はあまり楽しく読んでくれない。

辻　：なるほどね。

高橋：いつでも青春が好まれ、歳をとった人は圏外に消えていったわけです。個人で考えれば、いつまでも青春ってあり得ないけど、文学で言うとずっと青春が続いている。太宰治や坂口安吾が読まれる。島崎藤村も。作家が歳とって成熟すると若い作家が出てくる。というふうなことがずっと続いてきたわけです。この言ってみれば青春をベースにした国家は、若くて健康で、どこか青雲の志を抱いている男子に価値があると見なしてきた。子ども、女性、老人はあまり価値がない。でも実権は大人が持っているんですけれどね。

なんでこんな話をしたかっていうと、この二〇年くらいでどうも状況が変わってきた。まず、女性作家が増えている。男性の青春文学はもはや通用しなくなってきたんです。もうひとつは老人文学の出現です。『月山』（河出書房新社）を書いた森敦さんは、デビューが六〇代半ばですからね。小島信夫さん（一九一五年〜二〇〇六年。小説家、『抱擁家族』『残光』（講談社）など）は晩年、認知症を患ったまま小説を書いた。それがすごくおもしろい。息子さんがアル中で精神病院に入院し、奥さんが重度の認知症で施設に入って、自分も軽度の認知症なんです。だから、その小説も日本語としてかなりおかしい。何言っているかわからないとこがあるんですが、すごく自由でおもしろい。

今まで文学の中心であった、この社会を基本的には肯定し、普通に働いているサラリーマンたちにとってても受け入れられるような社会観ではなくて、この社会から落っこちちゃった老人の小説もずいぶん出るようになりましたね。アウトサイダー的な場所から書く作家が、若い人も含めて増えてきたような気がします。つまりさすがにこの資本主義社会の生成とともに生きてきた日本近代文学の社会の制度疲労とは付きあってられないよということで、そこから自由になって書かれている。

一五年くらい前から、新人賞に応募してくる人で、コンビニ店員、無職、家庭教師とかフリーターがどっと増えました。登場人物も、弱い人たち、社会の端にいる人たちが書かれる作品が増えてきた。そこを書かないとこの社会の何も見えない、と考える人が増えてきたんだろうと思うんです。一〇〇年くらい変わらなかった小説の世界も、この二〇～三〇年でついに大きく動きだした。でも、そういった「物語」による倫理の浸透は、少し時間がかかるんですね。

辻：なるほど。そうすると女性文学とか老人文学とか、そういういわゆる周辺からの文学の登場が、脱神話の兆しと言える。

高橋：これは不可避の趨勢《すうせい》だと思いますね。

辻：地域のことについて、ちょっと反応したいんですがいいですか？　環境運動をやっている立場から言うと、ぼくには道はひとつしかないと思う。それはローカリゼーションだ、と。グローバリゼーションの反対側にある言葉ですから、ぼくらのマインドセットそのものを丸ごと取り換えていくくらいの、根本的な転換になるだろうと思うんです。

そう考えると、さっき高橋さんが言った、明治以降の小説の田舎から出ていって、都会で出世するみたいな上昇志向や、戦後の資本主義社会の出世物語とは、まるで反対の物語になるんです。田舎や地方は、「いいところですね、なにもないけど」というような言われ方をしてきた。価値のない場所というように定義づけられてきた。そして実際に国家からいろんな援助を受けるために嫌なものを受け入れたり、大企業や工場を誘致したりすることで、つまり、ひたすら中央に依存することで生き延びようとしてきた。

学生たちを見ていると変化がわかるんです。九〇年代のころはまだバブルの延長という感じで、地方から来た子のほとんどが、田舎に帰ることはない、と心に決めている感じだった。ぼくがこれからの地方の可能性みたいなことを話すと、「先生はもう歳だからいいかもしれないけど、あたしたちまだ若いんだから」とかね、そういう感じだったんですよ。田舎はたそがれるにはいいけどって（笑）。そうしたら二〇〇〇年くらいを境にして、大きく変わってきた。もう地方の学生たちは、都会にずっといるなんて思ってないですね。

高橋：そうか、戻るんだ。

辻　：都会は生活の質が悪いし、ちょっと多く稼げるったって、物価も高くて、ギュウギュウ詰めの電車で長時間かけて仕事場に通わなければならない。人も冷たくて、孤独だし。そんなところに住んでいたくない。そういう直感が若者たちの間にある。だから大人たちはまだ神話にしがみついているけれど、すでに若い人たちは抜けてきているのかもしれない。

そして実際に、地域のほうに魅力を感じて、都会を離れる若者たちの流れがすでにできていると思いますね。ところでこれは日本だけの話じゃない。去年からぼくは一九か国に行ってるんですけど、どこの国でも、これはもう先進国でも途上国でもほぼ同様に、都会から地域へという流れが起こっている。つまり、脱神話化が進行しているのだと思います。

ただ、ひとつ日本的な問題としてあるのは平地村と山村の格差という問題ですね。「百姓」とはいろんな技と仕事を組み合わせて生きる生き方だと言われますけども、平地村は単一作物のモノカルチャーになりがちですよね。主に米ですが、一品目で、規模を拡大しながら、効率性をあげていく。だからこそ、平地村は山村に対して優位に立つわけです。今、若者たちが魅力を感じているのは、どうも山村のほうなんです。どこで水は育まれているのか、どこで空気が生まれているのか、どこに食べ物の元があるのか、発酵食品はどうつくられるのか、人間と自然界の関係はどうなっているか。つまり、森や山や川の思想に興味がある。「結《ゆい》」といったコミュニティの人間関係のあり方にも興味がある。そういうことにアンテナをはっているようなんです。これはとてもおもしろい現象だな、と思う。

みんな難民――ディアスポラとは私である

辻：高橋さんが競争について、多くの人が負けるって言いましたが、それが競争の本質だと思うんですね。五人が勝って五人が負けるっていう世界じゃない。

高橋：一人勝ってあとは全部負ける（笑）。

辻：せいぜい三人までは入賞で、あとは負けとかね。そうすると、このシステムは実際にはおびただしい数の敗者たちを刻々再生産している。ある種の絶望感、敗北感がどんどん培養され、格差がどんどん広まって、ある種の憎しみが生まれる。負けた人もつらいけど、これでは勝った人も幸せではありえない。GNH（国民総幸福）をきっかけに、今世界中で「豊かさと幸せ」の関係についての研究が盛んになりましたが、金持ちのほうが貧乏人より幸せであると言えないだけではなくて、どうも金持ちであればあるほど不幸だということがいろんな形でわかってきている。精神的な病もそこに集中している。それは持てば持つほど失うのが苦しくなるってこともあるんだけども、負けた人たちが夢に出てくるんじゃないかなあ、と（笑）。

高橋：呪いの生き霊にとりかこまれている（笑）。

辻　：それで思いだすのが、やっぱり鶴見俊輔さんなんですけど、三・一一後の発言で輝いているものがあります。それは、これからのキーワードは「難民」ではないか、というものです。

三・一一で、東北に、福島に、大量の難民が生みだされたことが彼の発想の初めにあると思うんですけど、難民出身のアイザイヤ・バーリン（一九〇九年〜一九九七年、イギリスの哲学者でユダヤ人、『自由論』の著者）や米国人画家ベン・シャーン（ビキニ環礁で被爆した第五福竜丸に取材して作品をつくった）などの思想を手がかりにしながら、「文明の難民として、日本人がここにいることを自覚して、文明そのものに、一声かける方向に転じたい」と書いています（『思想としての3・11』、河出書房新社）。

文明の進歩とか、開発とか、経済成長とかの裏側にはいつも大量の難民がいる。文明とは本質的に難民を生み出すシステムなんだと思うんです。とくに日本では、難民とは戦争などの非日常的な事態に伴う現象で、特殊な存在のように思われているけれど、じつは、文明によって、刻々、つくり出されている。普通の人々の日常的なあり方そのものが難民化させられているんじゃないのか。つまり、文明と難民が表裏一体の関係にあることが、いよいよ露《あらわ》になってきたのではないか。逆に、これまでは、その難民化という文明の影の部分がうまく隠されることで、人々は文明の中へと易々と囲いこまれてきたんじゃないのか、とも考えられる。

同じ本の中で鶴見さんと並んで、宗教哲学者の山折哲雄さんはこう発言しています。ノアの方舟という話が西洋思想の原点を表している。神さまは、自分が創った人間に絶望して、滅ぼしてしまおうとする。そのときに信仰の深いノアの一族と、動物たちが一対ずつ選ばれて方舟に乗せられ生き延びる。神に選ばれて生き残ったのが人間の祖先だという話。つまり選民というテーマが、ユダヤ・キリスト教文明を貫いているんじゃないかというわけです。確かに、それが後の選民思想や、進化論、弱肉強食などにも続いているのかもしれない。

そして山折さんはその視点から、「持続可能な開発」や「持続可能な成長」といった言葉を批判している。原発事故のような事態を引き起こしておきながらいまだに持続可能などというのは、選民思想じゃないかと言うんです。そして「最大多数の最大幸福」なんて、「大丈夫、あなたたちもノアの方舟に乗れますよ」という宣伝だ。だって、全員が方舟に乗れるわけないじゃないか、と。救命ボートで人類が生き延びていくには、犠牲はしかたないんだというように、壮大な選別が正当化されようとしているんじゃないのか、というんですね。

生き延びる者と死にゆく者、切り捨てられる者との間に亀裂と落差がものすごい勢いで生み出されている。その目もくらむような落差は埋めることはできない。できないまま、さらに刻々、次の不安の種、次の不安の種をどんどん人類は作りだしていく。そうやって、文明の度合が進めば進むほど、我々は生存の不安と緊張から逃れられなくなり、人類全体を覆うような病からも逃れられなくなっているんじゃないかと書いていますね。

鶴見さんや山折さんの言葉を受けて、ぼくは「難民としての自分」ということを考えてみたいんです。ある意味じゃ、ぼくらほとんどがどっか地域から出てきている移民なわけで、それぞれ、故郷の共同体から、生態系から切り離され、自然から疎外されて、多くが大都会のアパートやマンションに暮らしている。それって、ある意味、難民たちが収容されているようなものではないか。そういう難民としての自分が、これからどうやって生きていくのかっていうところから考えるわけです。

ハンナ・アーレントが、「難民とは人間の原理的存在形式である」と言っているんです。とすると、難民とは時代的な現象ですらなくて、自然との関係、社会との関係の中で常に自らを難民化せざるを得ない存在なのかもしれない。ならば、その難民としての人間同士がどうやって生きていくのかを考えつづけていかなければならない、ということです。

じつは、アメリカでの大学院時代、ぼくが博士論文でとりあげたのが北米にある難民たちのコミュニティだったんです。とくにユダヤ難民ですが、彼らがいかに難民地区を形成し、その中で伝統を巧みに活かしながら、コミュニティをつくって、新しい場所で生きていくことの意味を見いだしていったか、についてです。ユダヤ人の場合は特に、長い難民としての歴史の中で、難民の思想とでもいうべきものを育んできたんでしょうね、変な言い方ですが、実際、難民であることに長けているというか、文化そのものをポータブルにつくり変えてきたようなんです。たとえばユダヤ人が一〇人集まればどこでもいつでもそこに教会が成立してしまうという「ミンヤン」という考え方をもっているから、モビリティも適応性も高く、難民たちが新天地でもう一回根を生やしていくのにも適しているらしい。二〇世紀の初めには、ユダヤ人のうちでシオニズム思想が支配的になり、やがてイスラエルが建国されれば、そこへと戻っていくことによって、はじめて自分たちの現在の過渡的な存在は終わり、ハッピーエンドがやってくる、という一種の熱狂的な雰囲気がつくられる。そこでは、ディアスポラ(離散)、つまり難民というあり方は、単に、パレスチナ帰還という目標へ向けた過程に過ぎない。目標から切り離されたディアスポラ自体には否定的な意味しかない、といった考えです。

それに対して、いや、プロセスそのものに、つまり、ディアスポラそのものに意味があるはずだ、という考えも世界のあちこちで生まれるわけですね。そして「ディアスポラとは私のことである」というような思想家や文学者たちが出てくる。そういう難民コミュニティの中から、じつは二〇世紀後半に実を結ぶ多文化主義とか、多様性の思想とかが生まれてきているんじゃないのかっていうのが、ぼくの博士論文だったんですよ。福島以降、久しぶりにそんなことを思い出すわけです。鶴見さんも言っているんだけど、難民の思想というのは日本の思想史のひとつの盲点かもしれないと思う。そして、今こそぼくらはそれを必要としているんじゃないのかな、と。

高橋：難民問題は、二一世紀になって、思想の問題としても浮かび上がってきました。ジョルジョ・アガンベン（一九四二年生まれ、イタリアの哲学者）が、難民問題について書いていますね。アガンベンは、難民問題の本質は、難民が法の保護を受けないことにあると言っています。つまり難民は法の保護を受けない異例状態に置かれている人たちで、国家の保護はない。だからある種非国家的存在、あるいは国家を超えた存在と言ってもいい側面があるんです。通常は悪い意味でしか使いようがないんですが、国家の保護を受けない代わりに国家の管理も受けない。そのような存在が突然生まれてしまったというのが彼の考えです。たしかにぼくたちは普段、国家の保護とか法の支配があまりにも当たり前になっているけれど、難民はちがう。無法状態に置かれている。

辻：グローバル企業が超国家的な存在であるのと対極の意味における超国家的な存在ですね。

高橋：そう、超国家的な存在です。これを生んでしまったのは、ひとつはグローバルな経済的展開と同時にナショナルな問題で、国家はナショナルな度合を強めていき、その国民はそれぞれの国家法に縛られている。この問題はポジティブに考えていくと、難民を弱いものと考えて保護する者と考えると気の毒な人たちになるけど、ロマのように国境のない人たちと考えると、それはぼくたちが持っていない流動性や多様性を持っている人たちと考えることができる。

辻：それが「我ディアスポラなり」という思想だと思う。

高橋：さっき生き残りの話を聞いていて、『風の谷のナウシカ』（宮崎駿、徳間書店、全7巻）を思いだしたんです。あの物語の背景には「炎の五日間戦争」というものが想定されています。そして、その核戦争後の放射能汚染で世界中が滅びに瀕した。それをオームたち巨大昆虫たちがつくる腐海が奥のほうから浄化、つまり除染しているんです。七巻目の最後に、昔、過去の人類は、新しい清浄な種族を生き残らせようと神の墓所を作ったというエピソードが描かれています。そこで、ついに過去の人たちのメッセージが明かされる。世界を汚染しつくしてしまったことを深く反省し、汚染を浄化した後、汚染のない世界で生きる正しく清い人類たちと、現在の汚れた醜い人間たちを入れかえるという壮大な計画をたてたのだと。

ナウシカたちは汚染された世界に生きる汚れた人間たちなんですね。だから、清浄な世界に生きる人間たちには選ばれない。ユダヤ人の生き残り戦略みたいでしょう？ ノアの方舟です。世界は道を誤ったから、一回ゼロにして、正しい人たちで作り直そうということです。でも、ナウシカはそれをはねのける。なぜならば生きるということはそもそも正しさとは無縁だと考えるからです。清と濁が入り交じるところに生があるから。だから、その壮大な生き残りのためのプロジェクトをナウシカは壊すわけです。そのことによって自分は罰を受けるかもしれないが、こういう正しさだけを残す試みはどのような善意であってもやるべきではないと。

辻：へー、そんな思想があったんだ。

高橋：そう、ナウシカ、かっこいいですよね。清も濁も呑みこんで生きるのが人間なんだと。

辻：なんか山伏みたいだ。

高橋：ははは（笑）。森の中をさまよって生きてる「森の民」も出てくるから、山伏の思想も入っているかもしれない。ぼくは前に書いたことがあるんですが、ナウシカに出てくる汚染された象徴としての「腐に書かれているんじゃないかと。ちょうど『苦海浄土』（石牟礼道子）が出た同じ頃に書かれている。

辻：ほー。

高橋：核戦争後の放射能汚染と同時に、腐海は公害の汚染も象徴している、と思ったんです。それも受け入れて生きていこう、というのがナウシカの思想。それはもとは、石牟礼道子さんの『苦海浄土』の思想なんですよね。

池澤夏樹さんが編んだ世界文学全集の一巻に、『苦海浄土』が入っています。この作品が世界文学のスケールであるってことでしょ？『苦海浄土』って、作家として読んでも、本当に心が震えるすばらしい作品です。どこがというと、ほとんどが水俣病の公害認定をもらった子どもたちとつきあったドキュメンタリーなんですが、全編が水俣弁というか熊本弁で書かれている。その言葉が本当に美しい。水俣の言葉を使う人たちがいて、石牟礼さんはものすごく耳がいいんで、それをそのままダイレクトに書いている。彼らに語らせているんです。読んでいくと、個人ではなくて土地が語っていると感じる。あるいは歴史が語っているんです。最後に、その場所、空間が、あるいはその場所にいる地霊が語っているとしか読めなくなる。彼らの声と言っても、それは石牟礼道子の身体を通して響いてくる声なんですが、どんなに悲惨な出来事を語っていても魅力があるんです。とても悲惨な状況の話なのに、こんなに美しい物語を聞いていて幸せだなと思えてくる。そういう逆転が起こるんです。だからこれはローカリゼーションに強引にひきつける必要はないんですけれど、日本語という共通語とか標準語、共通通貨みたいなものではない、言葉の表現がなせる力なんですね。

辻：共通言語も効率性追求の末に生み出されたと言える。

高橋：そう。あんなものじつはだれも使ってない、正確にはね。お互いに共通のものがないと読めないから、無理やり作り上げたものです。だから貨幣も言文一致体も同じなんですよね。でも石牟礼さんの『苦海浄土』は、共通語の日本語じゃなくて、水俣弁のまま世界語になった。水俣から直接世界へ出ていった。世界文学全集には普通日本文学は入れないですよね。日本で作るから。

辻：ああ、そうか。

高橋：でも『苦海浄土』は日本文学にも入っていない。難民みたいな存在だった（笑）。

辻：さっきの高橋さんの話で言えば、地方から中央に上昇していくっていう流れだと完全にはじかれてしまう。

高橋：そう、石牟礼さんはずっと地元にいた人だし、そこにいる人たちはそもそも上京する意志とか皆無だから、だいたい作品の中に出てくる東京の人はみんな悪い人だし（笑）。中央の官庁の人間とか、中央の大学の人で、そういう人たちが中央から来ては、標準語でしゃべる。石牟礼さんは、本当に地方の中に入りこんで、それも地面の奥にまで入りこんで書いている。これは形で言えば弱さの文学になると思います。登場人物は水俣病に冒された、ほとんど言葉もしゃべれないような子どもたちとかだから。でもこれがほかのどんな小説よりも圧倒的に強い力がある。ほかの小説は負けてしまう。

辻：あっ、「負ける」って言いましたね（笑）。

高橋：いや勝ち負けじゃないか（笑）。そもそも競争じゃないから。

贈与と分配——弱くある知恵

辻　：さて、先ほど高橋さんが競争について話してくれて、僕もそれに反応したわけですけども、やはり競争というものが人々をいまだに呪縛し続けているのは、かなり根本的な問題だと思うんです。ぼくたちが一五年前に「ナマケモノ倶楽部」をつくった頃、「スロー」とか「ナマケる」とか言うと、心配してくれる人がたくさんいたわけです。「スローでナマケて、どうするの」って（笑）。競争しなかったら、人々は怠けてしまう。そして世界が崩れ落ちると本当に思っているわけ。この競争信仰は今もほとんど変わっていない。でも、競争なんてものが社会を覆いつくしたのは、歴史の上ではつい最近のことです。言い換えれば、人間の歴史は、競争がなくても世界は崩れなかった歴史でしょ。むしろ競争主義文明が、自然を破壊し、搾取し、世界を崩してきたんだから。逆に、その文明に属さない文化のほうにこそ、競争に歯止めをかけ、内なる競争にブレーキをかけるような知恵やメカニズムがあるのだと思う。その「非競争の思想」が今問われているんじゃないか、と言いたいわけです。

現代社会で競争が行われている場っていうのはどこだろうというと、それは主に市場ですね。市場に乗ることが、競争に乗るということを意味する。じゃあ脱競争ってなんだというと、その市場から抜けていくことだろう、と。そこでまた出てくるのが、アナキズム人類学を唱えているグレーバーなんですけれど、彼の理論のもとにあるのは、マルセル・モースの『贈与論』（一八七二年〜一九五〇年、フランスの社会学者、文化人類学者。『贈与論』でポトラッチ、クラなどの交換体系の分析を通じて、宗教、法、道徳、経済の諸領域に還元できない「全体的社会的事実」の概念を打ちだした）なんですね。モースは学者である以前に、実際に協同組合なんかをつくった運動家なんです。

高橋さんはこの辺りのこともすでにいろいろなところで考えたり、書いたりしているかと思うんですけど、やはり「弱さ」について考えるうえで、「贈与」の問題は抜かせないでしょう？　現在の経済学の土台になっているのは、「合理的個人」という一種の神話だと思うんです。ホモ・エコノミクス、つまり合理的経済的人格としての人間という考え方です。人間とは理性的な能力を備え、何が損で何が得かを合理的に判断して、損なものは避けて、得なものをとる、これが人間の本質であるという、思えば、すごく単純でお粗末な人間論なんです。この人間論をいわば土台にして、その上に巨大な経済という仕組みをつくりあげ、そしてそれが世界中を覆い、支配することになろうとは……。

この皮相な人間観が、未だにがっちり人類を捉えている。その力は今も、一見あまりにも強大だけど、それでもあきらめず、何度でも、何度でも、問い直し、挑戦していかなければならないんじゃないか、とぼくは思ってきたわけです。そしてそのひとつの有効な筋道が経済人類学にあると。ぼくと高橋さんが所属する学部（明治学院大学国際学部）には、珍しいことに「文化人類学」とはまた別に「経済人類学」という科目があったんですが、「カリキュラム改革」の流れの中で消えてしまった。それはともかく、その経済人類学の創始者の一人として、マルセル・モースがいて、その後にポランニー（カール・ポランニー、一八八六年〜一九六四年、ウィーン出身の経済学者で経済人類学の理論を構築した）みたいな人たちが出てきて、市場というものを相対化していくわけです。その立場から見れば、市場が経済の出発点というのはとんでもない話で、人類の歴史のほとんどが市場なき、そして貨幣なき世界なわけです。

日本語がおもしろいのは、「市場《しじょう》」と「市場《いちば》」を分けていること。英語でもフランス語では、マーケット、マルシェというふうにひとつで両方の意味を兼ねている。もちろん市場《しじょう》の根っこは市場《いちば》における交換にあるわけですが、晩年、経済に注目したミヒャエル・エンデ（ドイツの作家、一九二五年〜一九九五年、『モモ』『はてしない物語』岩波書店など）は、市場《いちば》でパンやチーズを買う時に使うお金と、金融市場《しじょう》に流れているお金が同じはずがない、ということに気づいた。そしてお金というものについて哲学的な思考を重ねる。それが『エンデの遺言〜根源からお金を問うこと』（講談社）にまとめられていますよね。同じ題名のNHKの人気ドキュメンタリーもありました。それに先立つ『モモ』は時間についての哲学的な童話ですが、そこでも「時は金なり」という、経済学における時間とお金の結合をテーマにしているわけです。

日本語で言えば、かつての市場《いちば》がいつのまにか市場《しじょう》へと転換する。これは単なる量的な変化ではなく、質的な飛躍だったわけです。それにともなって、それまでの「交換」もまた、質的に違う「交換」へと変化する。贈与と切り離しがたい関係にあった交換が、贈与と切り離された「純粋な交換」へ、とでもいうのかな。この交換の純化によって、今の経済学は成り立っているといってもいい。しまいには、世界中を分業化し、一番最適なところで最適なものを作るという効率化を徹底させて、それを世界中で交換し合い、そのスムーズな交換のために障害物を全部取り除き……、というふうに全世界が合理的に運営されていく。これがグローバリゼーションという夢です。

これに対して、はるかに長い期間、人類は、それぞれの地域で基本的には自立自給して生き、それを補完するために市場《いちば》を形成してきた。そこで行われる交換は、物質的な必要にかられてというよりは、たとえば二つの村落同士が仲良しになる、つながり合うためになされていたのではないかと、モースやその後のレヴィ＝ストロース（クロード・レヴィ＝ストロース、一九〇八年〜二〇〇九年、フランスの社会人類学者、民族学者。構造主義人類学の祖とされる）たちは考えた。つまり交換で富や物質的な豊かさを作りだしていくというよりは、物をやりとりすることによって、戦いを回避したり、つながりをつくって生活を安定させたり、生きる意味をより豊かにするようなことをしていたのではないかと。モースはそうしたやりとりを、いわゆる「交換」と区別して、「贈与」と呼んだ。たしかに贈与もまたやりとりなので一見、交換にも見える。だから「贈与交換」などという言い方もされるわけですが。前にも言ったとおり、贈与でも、贈り物をもらった側は「借り」、つまりある種の「負債」を負うわけで、それは一見、交換の場合と似ているわけだけど、それは損得勘定とか等価交換のような合理主義とははっきり異なっている。前に紹介したグレーバーの例のように、同等の価値のやりとりではつながりが終わってしまうから、もらったものより少なくお返しするか、より多くお返しすることで、関係性を維持したり。これは経済生活における「負けない知恵」であり、勝たない知恵だと思うんです。相手を支配しない知恵、そして支配されない知恵と言ってもいいし、「弱さ」に引き寄せて言えば、弱きものが弱きものとして生きていく「弱くある知恵」と言っていいと思う。

高橋：弱くある知恵、ですね。

辻　：「贈与」や「分与」はその「弱くある知恵」だと思うんですが、しかしそれは、「分かち合いましょう」とか、「利他的に行動すべし」という「Do for Others」（明治学院大学が建学の精神として掲げるスローガン）的な考えとは違うと思うんです。分配や利他の場合は、上から下へという一方向的な関係性であるのに対して、贈与関係では双方向的なバランス感覚が生きていて、一時的には上下関係が生じても、それをその都度解消して、固定化、永続化させないようなメカニズムです。「べてるの家」では次々に生み出す合言葉を「理念」というんですが、そのひとつに、「自分自身で、共に」というのがある。自立性と他律性がバランスをもった状態を指しているんだと思うんです。これをもうちょっとシニカルに言い替えれば、グレーバーの「用心深い共有」という表現になるのかな。

霊長類学で言うと、類人猿の間に分かち合い行動が出てきて、それが人間にいたって独特の意味を帯びるようになる。何度か触れた山極寿一さんの研究では、人間の分配行動というのは、以前からよく言われてきたように飢えた人々が生き残りのために発達させたものではない、と考えるわけです。彼は『家族の起源』（東京大学出版会）で、食料を分配することが発達したのは、物質的な必要性に迫られてというよりは、「仲間同士の親睦を深め、より自由度の高い社会交渉を発現させ、多様な協力体制をつくりあげる役割を果たしたからにほかならない」と書いている。さらに、「分配は人びとの感情の快の領域を刺激したのである」とか、「分配行動が遊びと似た性格をもつ」とさえ言っている。

これを平たく言えば、「なんで分かち合うの？」「そのほうが楽しいから」となる。こんなふうに考えていくと、経済学のように、合理的な損得勘定で人間の行動を理解しようなんていうのは、とても一面的で薄っぺらなことだということがわかる。たしかに贈与と一言で言っても、人に何かをもらう時のうれしさと、その一方で感じる負い目だとか、人に何かを与える時の快や、相手への優越感や、相手に負い目を感じさせないようにする配慮といったものから、さらに見返りを期待しない無償の「純粋贈与」まで、じつに複雑で微妙な心理的な経験が伴っているわけで、それを単純化して損得という平面に乗せてしまったことが、大きなつまずきだったと思うんです。「無償」ということについてはシニカルで懐疑的な態度をとるのが今のはやりだと思うけど、ぼくはこれも大事にしたい。人に紹介されて押田成人（一九二二年～二〇〇三年、修道士で哲学者、八ヶ岳山麓で農耕生活を送った。著書に『遠いまなざし』〈地湧社〉など）という哲学者の本を読んだんですが、彼によると人間から石ころまで、存在の本質は「ひらき」だという。そしてぼくが一番感動したのは、「ひらきは無償であります」（『孕みと音』、地湧社）という言葉なんです。

こうした、ぼくらの存在の深いところに根ざしたさまざまな「弱さの知恵」を再発見していく必要があると思います。これからぼくたちが市場原理主義を脱神話化していこう、そしてそこから抜け出していこう、とする時に、それが役立つと思うんです。

こういう考えをもった若い人たちも出てきていて、マーク・ボイル（一九七九年、アイルランド出身。『ぼくはお金を使わずに生きることにした』紀伊國屋書店）という、イギリスに金なし村をつくっている人にしても、「お金がないところで生きてみたらどうなるんだろう？」という疑問を抱いて、それを素直に実践に移し、実践を通して考えを深めていった。一年やってみたら、あまりに楽しいので結局三年やって、たぶん彼があまりに楽しそうなのと、考えがどんどん深まっていくことに感動して、自分もやってみたいという人がぞくぞくと周りに集まってきた。このボイルは例外という訳ではなく、じつはあちこちに、なるべく市場《しじょう》とは関係のないところで生きていこう、という流れができてきている。

日本でもたとえば坂口恭平さん（一九七八年生まれ、建築家・作家。著書に、路上生活者の家を建築学的に調査した写真集『0円ハウス』〈リトルモア〉や『独立国家のつくりかた』〈講談社〉など）が、路上生活者から学ぶことを通して、あっけらかんと非常に根本的なことを問い始めるわけです。どうして大家さんに地代を払わなきゃいけないのか。そもそもその人が土地を所有することができるのはなぜか、とかね。こういうのって経済人類学ですよね。これから形成されていく新しいコミュニティの前触れとか先駆けのような人たちだな、と。しかもそこに明るさとか楽しさが感じられる。これは新しい時代の新しい経済の兆しじゃないかと、ぼくには思えるんです。

非経済的な分野に活路がある

高橋：なるほど。一つ話を戻して、経済的合理性のことで話すと、僕たちは市場の合理性で生きているということになっています。これは経済学の基本で、典型的には需要と供給の関係ですべてが測られることになる。ぼくも経済学をやってきて、「そんなに簡単なものなのかな、人間は？」ってずっと疑いをもっていました。どんな理論も、そういう人間の矛盾を入れていくと計量化も計算もできないので、単純化しているのだろうけど。「贈与論」というのは、そもそも人間にとって経済的「合理」性が基本なわけじゃないよ、と言っているんですね。

ぼくたち人間は、そうとう変わった存在なのかもしれない、経済的合理活動なんかしてないかもしれないんですよ。たとえば宗教の問題です。明治学院の大学院で教えていた子がキリスト教を研究していて、ぼくも彼の研究で目がさめるような思いをしたんですね。カトリックやプロテスタントの一部では、生まれた時に幼児洗礼をします。キリスト教に帰依《きえ》する、神と契約を結ぶんです。でも生まれた時は自分の意志をしめせないから、キリスト教内部でも「幼児洗礼はおかしい」っていう人がいた。これは長い間キリスト教の論争になっていて、二〇世紀になってカール・バルト（一八八六年〜一九六八年、二〇世紀のキリスト教神学に大きな影響を与えたスイスの神学者）が、意志がない人間が神と契約するということはありえない、幼児洗礼はキリスト教にとって疵《きず》だと言ったら、オスカー・クルマン（一九〇二年〜一九九九年、スイスの新約聖書学者、初代キリスト教史学者）が反論したんです。信仰というものは、意志がある人間と神との一対一の、言ってみれば資本主義的な等価交換じゃないだろう。信仰は言ってみれば神からの無限の贈与なので、気にせずにもらっときゃいいんだって。

これは非常にいい例でしょう？　バルトが考えているのは合理的な宗教性で、クルマンが言っているのは非合理な信仰で、だから神が一方的に贈与してくれる。贈与されても、信者は神を愛する義務を課されたのではなく、宗教はそういう一方的な贈与、だという考えですね。

その後、ぼくは院生といっしょに考えてみたんです。イエスがゴルゴダの丘で全人類の罪を背負って十字架にはり付けられる。「なんでそんな余計なことをするんだろう？」。だれからもたのまれてないのに、かってに人類の罪を背負って死んだ。変な人だよねって（笑）。

つまり、経済的合理性に従って生きる人間をホモ・エコノミクスと呼ぶなら、宗教的な合理性に生きる人間はそれとは違う。宗教的なエコノミーとは何か。それを、「経済」の比喩で考えると最初に「負債」がある。生まれると皆、原罪を背負っている。「合理」的に考えるとおかしいでしょ。自分がしたのではない罪、アダムとイブの罪を背負って生きなければならない。だから神が一方的に贈与するのか？　って、この二つに明確な結びつきはない。ある種の「合理」性で解決しようという姿勢ではなく、不合理を最初から抱えているんです。イエス・キリストがなぜ全人類の罪を背負って死ぬなどという、不合理なことを考えたのか。宗教というのは、経済的合理性で割り切れない、違った合理性を持ってる。ホモ・エコノミクスから見たら不合理なんだけど、宗教というものは、そうでなければ世界を動かせない。

辻：同じことが自然界についても言えるわけです。宇宙も地球も全部絶対贈与。それへの一方的な依存があって、ぼくたちの存在は成りたってる。社会的にもそう。先行世代からの絶対的な贈与の積み重ねがあって、そのおかげで文化的、社会的な存在としてのぼくたちの今がある。それらをみんな外部性と見なしてしまうというのは、言ってみれば恐ろしい企てですよ。

そんな前提の上に社会を作っておいて、それに自分たちを縛りつけ、贈与の根源である自然を破壊し、自分たちの存在自体を窮地に追いやってきた。それが環境問題と言われるものでしょ。かつて人間は、自然界に、そして神々に、到底お返しができないという圧倒的な「負債」の前に立っていた。だからこそ、さまざまな神話をつくったり儀礼をプロデュースしたりして、自然と人間との間のある種のバランスを保持して、この世界が存続し続けていくように工夫をこらしてきた。夥《おびただ》しい数の文化のそれぞれがそういう調和（中沢新一さんの言う「対称性」）のストーリーをもっていたんだからすごいですよね。ところが、こういうものをまとめて「外部性」として放り出してしまうんだから、経済ってひどいですよね。三・一一の後はやった「想定外」ですよ。しかもこのひとつの経済的合理性なる考え方が、全地球を覆いつくそうという、「グローバル化」の時代にぼくたちは生きている。

高橋：世界はいまや、モノカルチャーになったわけですよね。モノカルチャーって「単一栽培」って意味と、「単一文化」って意味のふたつを兼ねている。弱さの研究をやっていて感じたのが、「弱さを軸にして共同体を作る」ことでなにがわかってくるかというと、「贈与の記憶が甦ってくる」ということなんです。つまりホモ・エコノミクスが、閉じた環境の中で生きるということは、贈与を受けずにすべてを「交換」して生きることになる。だからこそ自由に交換ができるんですが、それはホモ・エコノミクスという制度の中の架空の人物のものであって、ぼくたちは実際にはさまざまな贈与を受けてきたってことを忘れさせられている。そうでなければ、この社会のこのシステムが受け入れにくいものになってしまう。贈与であるべきものを外部性と名を変えて、別のところから本来はもらっているんだけど、それはもらったという記憶を削除されている。これがたぶん、この社会の中のぼくたちのふるまいの大元だと思うんですね。でも、弱さの共同体の特色はそれぞれがみんな贈与を受けていることです。

辻：そういう意味で、「おかげさま」とか「ありがたさ」といった感覚にこそ人間の本質があり、またそれが弱さの共同体の中心にもあるんでしょう。

高橋：そう、子どものホスピスでも、本当ならつらくて、ネガティブな子どもの死と向かい合っていると、ある時期からそれがギフトに、贈与に変わる。ダウン症の子のアトリエでも、「でら〜と」「らぽ〜と」でも、ホモ・エコノミクス的な視点で言うと負の部分なのに、じつはそれがギフト、贈与であるんだよ、という発見がある。だから、ぼくたちはそこから、さまざまな形でじつはギフトを受けてきているっていうことに気づくんです。ギフトに気づいた人は、やはりお返しをしたいと思う。そこが、さっきぼくが話した、まだ見ぬ世代へギフトを残したいという気持ちにつながるんです。

辻：それこそ、先送りのギフト。ぼくと仲間たちは「恩送《おんおく》り」と呼んでいる。それこそが本当の意味での「恩返し」ですね。

高橋：忘れ去られてきた遠い過去からのギフトへお返しする。そういう感覚ですね。だから、そういう意味では、ぼくたちは歴史とか社会も含めて記憶喪失にさせられている、忘れさせられているという側面があるんじゃないかな。弱さの共同体をつくるときの特徴のひとつは「気づき」だって何回も出てきましたが、この気づきの中に贈与と記憶の気づきがあると思うんですね。

辻：記憶喪失になってしまうのは、まさに「我思う、ゆえに我あり」だから。

高橋：そう、そこでは思わなければなかったんです。死んでいく子どもの横にいて、彼の語る声に耳を傾け、彼に話しかけてると、一分一分が宝石のような時間に変わるわけですね。宝石のような時間を持つことができるということを、普段は気がつかない。気づくことによって、そういう時間を持てる能力に気づくこともできるわけです。

辻　：そうか。その贈与としての記憶、そしてこちら側の果てにあるのが死。

高橋：死なんですよね。

辻　：どうせ死ぬんだから、その死に向かって生きていくことは無駄じゃないかという、非常に根本的な問いがあるけれど、今言われたように考えると、死にしっかり向き合った時に時間が輝きだす。

高橋：そう、輝きだす、ということなんです。それは自分の子どもの死によって与えられるギフトなんだ、と意味づけがひっくり返る瞬間がある。だから、子どもを失くした親たちは本当に深い悲しみをかかえるけれど、その輝かしい時間に何度も何度も立ち戻っている。それを忘れない。だから、悲しみを忘れたくないという親がいるわけです。

「でら〜と」「らぽ〜と」もそうなんですけど、ぼくたちは日常生活ではほとんど何も考えずに、この世界が敷いたラインに沿って生きている。楽だからです。破綻しないかぎりはね。でも、なにかが起きて、その引かれた線からずれると、突然どこに行っていいかわからなくなる。これが弱さの共同体にかかわった人たちの最初の驚きなんです。みんな予定外だった。それまではある種保守的に日常を生きてきた人たちが、受け入れざるを得ない現実に向き合って、それから逃げなかった時に見えてくる風景の中に気づきが生まれる。

いったん気づきはじめると、この社会を別の角度から見るようになる。そして、実際には恐ろしい競争が起こっているということに気づく。でも、ほとんどの人は、そういうことに気がつかないようにされている。だから「弱さの共同体」にかかわると気づきがあり、この世界がよく見えるようになるんです。こんな恐ろしい競争に巻きこまれているのに、どうしてみんな受け入れているの？　このままでいいの？　というふうに。だから、弱さの共同体の中の気づきがあると同時に、世界に対する気づきが同時に生まれるんだ、と思いました。その延長には、さっきから繰り返しているように、厳しい状態とか厳しい社会に対抗して生きていった時、途中は苦役だったかもしれないけど、どこかである種の喜び、ギフトに変換されるんです。

辻　：難民も迫害されて世界中に散らばった人たちですが、その人たちの中に「我ディアスポラなり」という、難民性をこそ自分たちのアイデンティティの核にして生きることに意味を見出していく人々が出てくるという、その「逆転」が大事ですね。

「勝たない・負けない」知恵

辻　：自分が話してきたことを少しまとめてみたいのですが、人間っていうものはすべて弱さを持っている、という面をおさえたうえで、その弱さの中にも多様性があり、いろんな種類があり、程度の違いもあることにも目を向ける必要がある。当然、弱さにも強さにも強弱のバリエーションがあるんだけど、そこに序列化や固定化が起こって、縦のヒエラルキーが形成されていくと、支配・被支配の関係へとつながっていく。そこで、その支配関係をつくらないようにしていく「勝たない」＝「負けない」という知恵が、文化的存在としての人間をずっと貫いている一つの基本的なあり方なんじゃないか。そういう考え方についてぼくは話してきました。そして、「アナキズム」という思想は、その系譜に属するものではないかというグレーバーの「アナキズム人類学」にも何度か言及しました。

たしかに、文化人類学は、そういう例をいっぱい掘り起こしてきた。国家がなくても困らないで生きていた人たちはいくらでもいたわけだし、国家支配の網の目をかいくぐるように生きた人たちもいた。国家だけじゃなく、貨幣なんかなくても、貿易なんかしなくても、生態系にしっかり根ざして生きてきたのが、ほとんどの人類史——はやりの言葉で言えば、「99%」ですよ。もちろん、自然とのバランスを失って滅亡した社会も数かぎりなくあったわけですけど。

少なくとも社会が長い間持続するためには、自分たちを取り巻く生態系についての高度の知識に基づいて、自然との極めてデリケートなバランスを保つような関係性をあみ出す必要があったわけです。他の動物と違って人間はそれを意味づけ、物語にして、世代から世代へと伝えていく。文化によってその物語がそれぞれ異なるんだけれども、その底に共通して流れている考え方は「負けない・勝たない」知恵なんじゃないか。

高橋：負けない、勝たない、支配しない、に共通している、「ない」という言葉はこうした運動や考え方の特徴です。きのくにで言うと、「教えない」。先生は教えないんです。本当は教えちゃうのが一番楽なんですよね。先生は「こうしたら」って言いたくても、じっとがまんして、子どもたちが気づくまで待つ。言いたいけど、言わない。教えない。「ない」ことが大事。

辻：待つことって本当に大変なことで、山伏修行でさんざん体験してきましたから（笑）。

高橋：また山伏にもどりましたね。

辻　：待てない人は、未来のほうに縄かけて引っぱってきちゃう。そうすれば、近代的な「プロジェクト」になる。前に投げる、先取りする。でも、閉じないで開けたまま待つという状態は、ある意味自分の弱さ、脆さをさらけ出しているわけです。それもぼくは、弱さの知恵じゃないかなと思いましたね。知識の世界じゃなくて、知恵の世界。

高橋：きのくにでは、学年分けもないんです。よく考えたら、社会に出て、一歳毎の年齢別で分けている組織なんかないでしょ？　意味ないもの。

辻　：そういえば、大学の部活の先輩・後輩も、一年違うだけで言葉づかいにピリピリして、つまんないこと心配してる。妙に軍隊的なんです。

高橋：でもう、このままのやり方をしていても先は見えてるわけです。日本の人口減少は止められないし、経済成長が右肩上がりに続くということもたぶんない。いずれにせよ、そういう事態が来た時は知恵で対処するしかない。それは、下がっていく知恵ですね。

辻　：降りる思想です（笑）。

高橋：原発の問題でも、原発を動かさないとこれから毎年二兆円の損がでて、シェールガスを輸入してもやっぱりだめだって話をしているのは、今の生活、今の考え方がいっさい変わらないという前提で経済の話をすればという、閉じた議論なんですね。収入が減ってもどうにか食べていかれるなら、もっと楽しいことがあったほうがいい。それは生き方の問題ですけど、そういうことは通常経済学者は言わないからね。

辻　：本気でもっと経済を成長させると思っているのかな？　「どこまで本気？」と訊いてみたい（笑）。

　さて最後に、「勝たない・負けない」の知恵ですが、それは要するに、「勝ち・負け」という二元論から自由である、ということだと思うんです。同じように、「弱さ」と「強さ」という二元論からこそ、まずは抜けださなければならない、そういう土俵から降りなければならないというのが、弱さの思想の入口だと思う。そもそも強さ・弱さって相対的な概念ですもんね。この二項が弁証法的っていうのか、ダイナミックに関わり合い、混ざり合う。あちらに弱さの世界があって、こっちに強さの世界があるみたいな、そういう実体的で固定的な捉え方では、じつは何もわからない。ぼくたちはこれまで、いろんな例を通じて、弱さが弱さ故の力を発揮するとか、弱さこその輝きを発するとか、弱さがかけがえのないギフトに変わるとか、ということを見てきたわけです。すると逆に、強さと思われていたものがじつはもろくて、孤独で、という「強さの弱さ」も見えてくる。

高橋：そう。だからホスピスの死にそうな子どもたちが弱いのかというと、弱いとはいえない。でも強いのかっていうと強いとも言えない。何とも言えない。最弱だけども最強の力を発揮して、周りを全部変えちゃう。弱いとか強いとかいうように単純化できないですね。

辻　：しかし、この社会はそういうふうに二元論的にできていて、強さを上に、弱さを下にした固定的なヒエラルキーでオーガナイズされている。弱さの思想とは、その「強さ・弱さ」の二元論そのものを超えていくことですよね。この二項対立を溶かしていく、あるいは無効化していく。それが、社会を支配・被支配のない、よりよい場所へと変えていくのに役立つことになる、ということでしょう。社会についても言えることはそのまま自分にも言えるわけで、まずは内なる二元論やヒエラルキーからいかに自らを解き放つか、です。

おわりに

なぜ、わたしと辻信一さんが「弱さの研究」を始めたのか、その「研究」は、はどんなふうに進められていったのか、そして、そもそも「弱さ」とは何であり、なぜ、わたしたちは「弱さ」を必要としているのか、ここまで読んでいただいた方には、わかっていただけたのではないかと思う。

わたしたちの「弱さの研究」はまだ終わってはいない。いや、ある意味では、始まったばかりなのだ。わたしたちは、「弱さ」について学び、調べながら、それが、「3・11」以降、露《あらわ》になった、この社会の構造的な欠陥とでもいうべきものへの重要な処方箋となりうるものであると感じるようになった。けれども、この「処方箋」は、「戦後」とか「近代」といった時代に対してのものではなく、もっとずっと長い射程をもったもののような気がするのである。

いま、わたしたちは、一つの「文明」の終わりを迎えているのかもしれない。比喩的にいうなら、この苦しい時代を通り過ぎて後初めて、わたしたちの社会は、ようやく「幼年期」を脱することになるのだろうか。そして、その、わたしたちが対面することになる新しい文明のキーワードは「弱さ」というものだろう。わたしと辻さんは、この研究を続けながら、そんなことを考えていたように思う。

この本の中でも触れられているように、わたしは、ふたりの子どもたちを、いまの社会で支配的な教育理念とは異なった理念を持つ小学校に送った。ふたりは元気に、その学校で学んでいる。

最初のうち、特に次男は、「ふつうではない」学校にとまどったようだった。慣れない寮生活をおくりながら、彼は、しょっちゅう、(寮の公衆)電話をかけてきた。そして、いつも、最初にこういうのだった。

「なにをしていいのかわからない」

以前、わたしは、よく子どもたちの通う公立小学校に出かけていって、授業の様子を「参観」させてもらった。

膨大なカリキュラムをこなすために、それは、「適切に」区切られた一つ一つの断片となって、子どもたちの前を流れていった。よく理解できている子どもも、それほど理解できているわけでもない子どもも、それから、ほとんど理解できてはいない子どもも、等しく、その前を、様々な「教材」や「知識」が、ベルトコンベアーの上を流れるように、悠然と流れてゆくのだった。子どもたちは、とても忙しそうに見えた。やるべきことはたくさんあるのだ。覚えるべきこと、テスト、宿題、等々。それが、ほんとうに必要かどうかはわからないにしても。

そこで、子どもたちは、社会の最初(ではないのかもしれないが)の「洗礼」を受けるのである。自分たちの前に流れてくるものを、疑うことなく受け入れることを学ぶのだ。それはまた、彼らにとって、「競争」というものの始まりでもあるのだった。

少なくとも、子どもたちには、「なにをするべきなのか」はわかっていた。

次男の「なにをしていいのかわからない」ということばにわたしの胸は痛んだ。社会は、子どもたちを「隷従」させようとしているのかもしれない。けれども、その代償として、「やるべきこと」だけは教えてくれるのである。

自由の風は冷たく厳しい。社会が与えてくれる「保護」の衣を脱ぎ捨てた時、わたしたちは、初めて、自分がそんなにも弱かったことを思い知る。だが、そこから始めるしかないのだ。ほんとうのことを知ってしまった以上、もう元に戻ることはできないのだから。

二〇一四年一月二一日

高橋源一郎

高橋源一郎（たかはし・げんいちろう）
1951年生まれ、広島県尾道市出身。作家、評論家、明治学院大学教授。日本テレビ放送番組審議会委員。野間文芸賞、すばる文学賞、中原中也賞、文藝賞、萩原朔太郎賞選考委員。1981年『さようなら、ギャングたち』で第4回群像新人長編小説賞優秀作を受賞しデビュー。1988年『優雅で感傷的な日本野球』で第1回三島由紀夫賞、2002年『日本文学盛衰史』で第13回伊藤整文学賞、『さよならクリストファー・ロビン』で谷崎潤一郎賞を受賞。

辻　信一（つじ・しんいち）
文化人類学者、ナマケモノ倶楽部世話人。明治学院大学教授。「100万人のキャンドルナイト」呼びかけ人代表。「スロー」や「GNH」というコンセプトを軸に環境＝文化運動を進める一方、スロービジネスにもとりくむ。主な著書に、『スロー・イズ・ビューティフル』（平凡社）、『「ゆっくり」でいいんだよ』（ちくまプリマー新書）、共著に『ゆっくりノートブック』（全8冊）、『降りる思想—江戸、ブータンに学ぶ』、監修に『カラー図解　ストップ原発4』（ともに大月書店）、訳書に『しあわせの開発学——エンゲージド・ブディズム入門』（ゆっくり堂）など。

本文写真	高橋源一郎（87p）、辻　信一（69p、93p、109p、145p）
装丁・デザイン	藤本孝明＋如月舎
協　力	ナマケモノ倶楽部、ゆっくり堂、善了寺
本文DTP	編集工房一生社

弱さの思想　たそがれを抱きしめる

2014年2月20日　第1刷発行
2022年8月15日　第6刷発行

定価はカバーに表示してあります

著　者　高橋源一郎
　　　　辻　　信一

発行者　中川　進

〒113-0033　東京都文京区本郷2-27-16

発行所　株式会社　大　月　書　店

印刷　三晃印刷
製本　中永製本

電話 03-3813-4651（代表）　FAX 03-3813-4656　振替 00130-7-16387
http://www.otsukishoten.co.jp/

ISBN 978-4-272-43096-3 C0010　Printed in Japan